金农的水仙

陈佳勇 —— 著

人民文学出版社

图书在版编目（CIP）数据

金农的水仙 / 陈佳勇著 . -- 北京：人民文学出版社，2024（2024.11重印）
ISBN 978-7-02-018676-1

Ⅰ.①金… Ⅱ.①陈… Ⅲ.①长篇小说－中国－当代 Ⅳ.①I247.5

中国国家版本馆 CIP 数据核字 (2024) 第 101335 号

责任编辑　李　娜　孙玉虎
装帧设计　李苗苗

出版发行　人民文学出版社
社　　址　北京市朝内大街 166 号
邮　　编　100705

印　　刷　凸版艺彩（东莞）印刷有限公司
经　　销　全国新华书店等

字　　数　108 千字
开　　本　850 毫米 ×1168 毫米　1/32
印　　张　8.25
版　　次　2024 年 4 月北京第 1 版
印　　次　2024 年 11 月第 2 次印刷

书　　号　978-7-02-018676-1
定　　价　69.00 元

如有印装质量问题，请与本社图书销售中心调换。电话：010-65233595

巖華搖落物蕭然僅憑一
勺清水娉々疊々更有許多
堪羨 十九松長者題記

14 要紧事	152
15 铁城来电	163
16 特殊问话	172
17 再见，速冻水饺	186
18 两扎冰镇生啤	198
19 咖啡馆外的银杏树	207
20 李可白归来	220
21 隐瞒	229
22 Someone Like You	238
23 青山薄汀	248
后记 克制与约束	253

目录
contents

1 60、80、120　1

2 临江仙　7

3 外公的画　18

4 水仙花语　38

5 心魔与烧鸟店　49

6 2017年5月25日，星期四　56

7 人家的老公以及轰轰烈烈的恋爱　73

8 千金莫惜买青春　88

9 干瞪眼　97

10 506万的『老充头』　105

11 择日不如撞日　116

12 父亲的笔记本　130

13 放下　143

1
60、80、120

中年男人的崩溃,是一瞬间的,中年男人的不堪,却是前赴后继的。这其中,大部分的不堪,都跟金钱有关,少部分的不堪,或牵扯男女,或涉及权势。但横竖都没有在一个孩子面前,拿钞票羞辱他的父亲,一个普通的中年男人,来得更丑陋,更下流,也更直接的了。

张文祥此刻正站在柜台前犯愁。如果殡仪馆卖骨灰盒的地方也能称作柜台的话,那这个柜台一定是世界上最让人沮丧的柜台。

"你看好了吗？"柜台那边的"售货员"问道，"60、80、120，就这三种，你选哪种？"

"还有更便宜的吗？"张文祥问得怯懦。

"售货员"对眼前这个中年男人的犹疑不决很不耐烦，冷冰冰地说道："没有了，就这三种。"

边上的叔伯们，开始数落张文祥。

"这有什么好犹豫的，你老父亲过世买个骨灰盒，家庭条件好的，就选那个最贵的，家里条件一般，就选中间那个经济实惠的，断不可选那个价格最低的。你可倒好，还问人家有没有更便宜的，这是何等的不孝。"

"那就选那个60的吧。"张文祥做了最后的决定。

说完，张文祥从中山装口袋里掏出六张10元纸币递了过去，接过骨灰盒的那一刹那，他又瞅了一眼。骨灰盒盖子上的四个角，是有雕花的。

这是一场混杂了哭泣与辱骂的丧仪，从头到尾都令人沮丧。好在司仪是殡仪馆安排的，早就习以为常，若不是他按部就班地掐着时间点走完全部流程，恐怕那些叔伯还要闹上一阵。

好不容易熬到告别大厅里的丧仪结束，身为长子，张文祥跟随殡仪馆工作人员来到大厅后面的焚化炉前，这是全部流程的最后一个环节。过道里的水泥地异常冰凉，总共20多米的距离，工作人员推着载有遗体的小车快步向前，张文祥也就只好加快了步伐，紧跟着。因为是最后一个环节，按照习俗只能家里的男丁参加，女眷们便没有跟来。少了哭啼，这段路走得倒也清净，不似之前无休无止的吵闹烦心。

炉门打开，张文祥看着老父亲的遗体被推了进去。炉门一关，张文祥知道，从此就真的阴阳两隔了。工作人员告诉张文祥，45分钟后来取骨灰。

趁着等待的这段空隙，张文祥走到殡仪馆的院子里，在一棵大槐树下站定，给自己点上一根大前门。周围零星有几个抽烟的，腰间都束着白布带，也都站在这棵大槐树下。

"爸，你为什么不给爷爷买一个好点的骨灰盒？"张冬心问父亲张文祥。

张文祥面无表情地抽着烟，一如往常，沉默，寡言。

"好的，坏的，都是做给活人看的，没意思。"张文祥告诉儿子。

到了时间点，张文祥来到骨灰领取处。焚化炉打开，老父亲的遗体已经变成了一堆灰质骨骸，散落在钢板上。工作人员拿着小扫帚和簸箕，开始清扫和归拢钢板上的骨灰，有几块大的还成着形，工作人员便熟练地拿起边上的小锤，快速地敲碎，再归拢到一块儿，然后全部扫进簸箕里。扫干净了，再把簸箕里的骨灰悉数倒进布袋，扎上口，放入骨灰盒，盖上盖子。最后，用一块红布将骨灰盒包裹好，递给张文祥。张文祥双手接过，将骨灰盒捧在怀里，向门外走去。

那年，张冬心十四岁，身为长孙，他全程跟在父亲张文祥后面，目睹了祖父丧仪的全过程。那些辱骂，以及焚化炉前的那几幕情景，牢牢地印在脑海里。还有父亲面无表情的那张脸，在大槐树下抽烟的身影，都记得特别清楚。

时光荏苒，此时此刻的张冬心，竟也到了父亲张文祥当时的年龄。

两年前，张文祥过世，没过六十六岁的坎。因为记着许多年前祖父丧仪上的那尴尬一幕，张冬心特意为父亲挑了一个最贵的骨灰盒。好在时代不一样了，各家管各家的事，也没有那么多的叔伯亲戚在边上饶舌。张冬心按照自己的意愿为父亲办了一个体面的丧仪。吃完豆腐饭，一众亲戚们安慰过张冬心母子，便都纷纷散了。回到家里，只剩下他们母子两人。

这几天，张冬心总想起父亲当年说的那句话——"好的，坏的，都是做给活人看的，没意思。"

张冬心问母亲赵卫红，父亲为什么总是沉默寡言，闷闷不乐。

"主要还是心气高，日子过得窝囊了，心里就会压着。"赵卫红想了想，接着说道，"时间一长，人就变了。"

张冬心并不时常跟母亲谈论过往，比起父亲一辈子的生活际遇，自己现在的情形似乎比父亲好太多了。虽然算不上出人头地，但至少比上不足，比下有余。倒是祖父六十六岁过世,父亲也没过六十六岁的坎,这让张冬心心里有些忌惮。大概他们张家的男人,横竖是要跟这个"六十六"杠上了。

2
临江仙

　　临近过年，江海市的各大饭店生意红火，晚上的包间更是供不应求。好在招待报社老领导、老同事，他们都倾向于定在中午，且最好是周六周日，倒也省去了张冬心不少麻烦。周六中午，午宴设在江海大酒店28楼中餐厅，几位老领导出入也方便，包间的名字也雅致，"临江仙"。

　　一席八人，居中坐主位的是汪副总编，当年在报业集团，汪副总编直接分管《江海早报》，算是张冬心的"大领导"。其余的也都是报社各个部门的退休领导，算作"汪系人马"也不为过。唯一在岗位上的是马成功，现任《江海早报》副主编，张冬心的"赤膊兄弟"。今天这饭局，是"六老两少"的组合。

张冬心大学毕业的时候，正赶上纸媒的黄金时代，新闻专业科班出身的他，应聘进了报业集团，工作被安排到了《江海早报》要闻部。同批分配到要闻部的应届大学生总共两人，一个是张冬心，另一个就是马成功，两个人担任要闻部编辑，上了整整五年的夜班。张冬心心思活，能力强，夜班五年之后，升职成了《江海早报》财经部的副主任，马成功则担任了要闻部的主任助理。再之后，张冬心辞职离开报社到外面开了广告公司，马成功则坚守岗位，一路干下来，人到四十，"官"至报社副主编。两兄弟的日子，不说闪光夺目，但在这江海市，现世安稳，春和景明，如果硬要套上这些说辞，大概也差不到哪里去。

而现世安稳的一个典型场景，就是在江海大酒店这样的地方，一帮"自己人"觥筹交错，好好地大快朵颐一顿。

"冬心啊，我心里很是温暖，每年这个时候你总归惦记着我们这帮'老棺材'，还在这么贵的地方请我们吃饭，真心感谢啊！"

汪副总编退休前官至副局级，每年吃这顿饭，开场白总归是他老人家来说，话么也通常就是这么几句。

"汪总，您这番话说得我都不好意思了。当年我和成功刚进报社，两个愣头青，啥也不懂，都靠在座各位领导关心。"张冬心举杯，接着说道，"我中途离开，算是背叛了新闻理想，好在成功还在岗位上，他是革命火种。我们两个，敬几位领导一杯。"

边上的马成功心领神会，借着张冬心的话头，说道："汪总，我是脑子没冬心活络，但是我屁股坐得定，这点我比他好。"

"你们两个都是优秀的，当年报社开青年人才座谈会，我一眼就看出你们两个小青年有才气，有想法。"汪副总编回应道。

说到此处，汪副总编转身看着边上的人事部主任老杨,说:"老杨啊,要我说,当年还是你工作没做好,应该更早一点把他们两个人提拔到重要岗位上。结果你看,一个提拔得慢了,跑到外面开公司去了;一个提拔得晚了,刚刚才做到副主编。老杨,我要批评你啊。"

"汪总,您这个话说得不全面,事情的源头还是在您这里。"老杨和汪副总编几十年老兄弟,说话是一半严肃一半玩笑,分寸拿捏得最妥当,"我是负责干部工作的,这话没错,但是,这个干部提拔,提拔提拔,你领导不'提',我怎么'拔'呢?"

众人一阵哄笑,气氛瞬间就点燃起来。

"老杨,你这是在'捣糨糊'。"汪副总编说道,"但有一句说一句,当年么,我确实也有责任,总想着让他们再锻炼锻炼,再看看。现在看来,好饭不能等啊,是我守旧了。"

"汪总,您和在座几位领导对我已经很照顾了。当年真把我提到领导岗位上,我就没法出来开公司了。估计现在也就只能开个茶话会,请老领导们喝一杯清茶,剥几只橘子吃吃了。倒是几位老领导,看看有啥办法,帮我们成功兄再进步进步嘛。"张冬心赶忙上来打圆场,既活跃了气氛,顺便也把所求之事起了个由头,抛给了几位老领导。

马成功在边上不便多说。这几年张冬心请老领导们吃饭,他照例都在场。过去吃饭,纯粹就是吃饭,从头到尾都不说"正经事",这次是碰上紧要关头了。

话说《江海早报》是江海市最有市场影响力的报纸,在报业集团里算是子报,但胜在市场口碑,也算是一个干事业的好地方。过完春节后,再过两个月,现任主编就要到点退休,都说马成功最有希望接班,但不到最后一刻,这些都是不作数的。故而,马成功前阵子跟张冬心主动说起这件"烦心事",张冬心当即提议,就在饭桌上跟几位老领导提出来,虽然起不到决定性作用,但有老领导"护法",至少在舆论场上多一个支持的声音,也是有利的。更何况,论资历,论能力,马成功都够格了,现在临门一脚,容不得闪失。

"小马的事情,我晓得了。"汪副总编并不推脱,"后天上午,集团班子新春慰问老干部,王书记点名要到我家里来看我，到时我问问情况。"

汪副总编一发话，这事情也就润物细无声地点到位了。

马成功在一旁接了话，随后向汪副总编及其他几位老领导一一敬酒。论兄弟情谊，张冬心一直视马成功为挚友，马成功也始终把张冬心当成知己。但碰上这种事情，须是第三人提出最适宜，张冬心清楚，自己的身份最合适。

饭毕，在一楼酒店大厅，一一送好各位老领导，就剩下张冬心和马成功两人了。

"我们去外面抽根烟吧。"马成功说道。

站在路边，张冬心接过马成功递来的烟，两个人各自点上火，攀谈起来。

"怎么了？一个主编的任命，真把你给弄心烦了？"张冬心说道。

"当不当这个主编，其实也就那么回事。只是前阵子，我发现我头发掉得更多了，你看看我这发际线。"马成功一边说，一边捋起额头给张冬心看。

"册那，掉几根毛呀，又不是阳痿，你瞎担心什么呀。大不了，你去做个植发手术，这点钱你又不缺的。"

"冬心，还真被你说中了。我现在最害怕两件事情，一件是掉头发，另外一件事情，就是那方面我好像是有点问题了。"

张冬心特别想笑，但见马成功说得异常诚恳，也就只好压抑着内心的笑意，不便大声。

"怎么了？你想外面养小三了？"张冬心还是忍不住打趣道。

马成功摇摇头，说："拉倒吧，我家庭作业都做不好了，还上啥兴趣班啊。"

张冬心与马成功相视一笑。

此时，正好有位年轻姑娘从他们身边走过，面容姣好，两人都顺势瞄了一眼。

"对了，有一桩八卦，你知道吗？小狗辞职了。"马成功说道。

"为啥？他这么要做官的人，怎么会辞职呢？"张冬心问。

"对啊，我也觉得奇怪，小狗这种投机分子，整天想着往上爬的,怎么可能主动辞职?后来我去问了,赤佬居然是在外面嫖娼被抓了,单位没办法,让他主动辞职,总比开除要体面些。对外说的是,身体不好,不能胜任现在的高强度工作。"

张冬心说:"那你这次做主编,不是胜算更大了?"

马成功说:"我做不做主编,跟小狗没关系的。他自己在外面瞎说,说主编人选是从我和他两人里二选一,那是他一厢情愿。他压根就不在考察范围内,现在反而弄巧成拙了。"

"哎,老马,小狗这事不会是你做的局吧?"张冬心故意开玩笑道。

马成功说:"拉倒吧,我要有这本事,我早就飞黄腾达了。"

"反正你这段时间也当心点,别在外面瞎混,小心驶得万年船。"张冬心说道。

马成功苦笑着说:"我都是不举之人了,还瞎混呢,太太平平最好了。"

一根烟的时间,两人就此告别。

张冬心看时间尚早,想起好久没给老娘买蝴蝶酥了。恰好今天就在江海大酒店请客吃饭,这里的蝴蝶酥、果仁蛋糕做得好,便买了几样打包,给母亲赵卫红送去。

母亲赵卫红现在一个人住在老房子里。自从两年前丈夫张文祥过世后,赵卫红悲痛了一阵子,但时间一长,这种悲痛也就被日常的生活冲淡了。

"妈,我给你买了蝴蝶酥,果仁蛋糕没多买,就买了一个。"张冬心说道。

"好,你先把东西放桌上吧,我正跟小姐妹微信聊天呢。"赵卫红头也没抬一下,专心在小姐妹微信群里有说有笑着。

张冬心走到赵卫红身后,想看看她微信群里到底在聊些啥,怎么那么开心。赵卫红掩上手机,不让张冬心看。

张冬心便问母亲:"两年前老爸刚走的时候,我看你心里很难受,现在好像不怎么难过了嘛。"

赵卫红不明白儿子张冬心哪根神经搭错了,怎么扯到这话题上来,便说:"日子总要正常过的呀。"

张冬心应了一声："噢。"

赵卫红想了想，又说道："一开始是真的难过，后来发现，不怎么难过了。我前面几十年，大概是看你爸愁眉苦脸的样子看习惯了，突然看不见了，有点失落。实际上，我为什么要跟着他一起愁眉苦脸呢？"

张冬心问："那你当年嫁给他图什么呢？"

赵卫红答："当年嫁给他的时候不是这样的呀，你爸是优秀青年，我家里成分不好，总归希望找个牢靠点的男人。没想到你爸脾气那么倔，总觉得自己有本事，但是，你再有本事，老天爷不赏你饭吃，也是没用的呀。"

张冬心和母亲的对话陷入沉默，赵卫红则继续埋头在小姐妹微信群里说着其他事。

此刻，父亲张文祥的遗像挂在墙上。张冬心看了一眼，心想，当着遗像的面说当事人不好，好像也不算什么上档次的事情，便不想再在这个话题上继续了。

"冬心，有件事情我倒想很严肃地问你，你跟我说实话，你还准备结婚吗？"赵卫红突然问道。

"这个再说了。"张冬心答道。

赵卫红继续说道："你都已经四十岁了。我是你妈，我做人很开明的，要我说，你要么干脆找个90后，要么就干脆不要结婚了。"

"再说吧，再说吧。"张冬心有些不耐烦。

"你结不结婚，其实也没关系，我就只有一个要求，就是你不要拿自己的钞票养别人家的老婆孩子！"赵卫红正视着张冬心，神情严肃地说道。

张冬心一阵尴尬，悻悻然地说："我晓得，我有分寸。"

3

外公的画

　　母亲赵卫红所说的"别人家的老婆孩子",并非空穴来风,说的正是李可白,张冬心过去的女朋友。

　　李可白比张冬心小五岁,那年张冬心升任报社财经部副主任,李可白正巧大学毕业进报社,算是一众新人里脑子最聪明的,至于长相,更是人见人爱的那种。张冬心和李可白工作上常有交集,一来二去,彼此说话投缘。只不过女记者的生涯没做几年,李可白就跳槽去了一家外资公关公司,辞职之后,也就不再避嫌,大大方方地和张冬心谈起了恋爱。再后来，张冬心辞职下海开了广告公司，本来两人都准备谈婚论嫁了，奈何女方家长死活不同意，理由是觉得男方本来工作很稳定，现在出来开公司，开砸了怕女儿跟着受苦，开好了担心张冬心脑子太活络，做了老板之后容易花心。这些都是明面上的理由，内里的理由没点破。张冬心心里明白，李可白心里也明白，反正这恋爱是没法再谈下去了。

分手之后，张冬心的广告公司按部就班地经营着，还是那句话，比上不足，比下有余。并不是人人都能成为巴菲特，好歹不用向人借钱，日子过得还算体面。再后来，李可白要结婚了，这消息是李可白亲自跟张冬心说的。男方是在区政府办公室任职的公务员，不到三十岁就做到了副处级，事业稳定，有上升空间，非常符合李可白家里的要求。

又过了一年，李可白跟张冬心说，她做妈妈了，生了个儿子，老公职务也升了一级。张冬心连忙祝福她。

分手两三年的时间里，眼看着李可白结婚生子，职场顺意，再加上老公升职，"官太太"的人设也渐渐有了雏形。想着李可白过得还不错，张冬心倒也放心了。

因为工作上的关系，李可白和张冬心的联络从来就没断过，而且都是李可白主动来找张冬心的。李可白的公关公司有些业务需要外包，张冬心的广告公司正好对口，来者都是客，张冬心没有理由不接受，尤其公司还处在创业阶段，进账永远是第一位的。如此"藕断丝连"着，张冬心的公司越做越好，他终于变成了一个所谓的"老板"。

李可白这里，最近这两年却有些奇怪，常常借着工作上的接触机会，在张冬心面前有一搭没一搭地说些家里的私事。一开始说儿子的事情比较多，但绝口不提老公，再后来，儿子的事情也很少提及，倒是经常说些过去两人谈恋爱时的私密往事。

终究是差点谈婚论嫁的一对男女，这些年又没有一刀两断，彼此的思维和情绪都是熟悉的。久而久之，灵魂碰撞之余，竟发现彼此的身体也还熟悉着，便成了现在这副情形。当然，母亲赵卫红关于那方面的"提醒"，目前看来是多虑的，李可白从来就没在张冬心面前提过钱的事情。与之相比,张冬心和母亲眼门前有一件家务事,却实在是烦心得很,而且也到了不得不解决的时候了。

这件事情的由头,源自张冬心的外公赵云中。

新中国成立前,张冬心的外公是江海有名的大律师,年少即成名,只要一谈到"赵云中"的名字,江海地界上那些整日忙着打官司分割家产的有钱人家都是知道的。赵云中一生交友广泛,本人又喜欢收藏古董字画,家里的好东西着实不少。当然这里面也有一些被人骗的,买了一些赝品,但赵云中并不介意,常说这些东西都是非常时期朋友之间、生意伙伴之间用来互相帮衬的,里面包含着人情,不能拿钱一概而论。

新中国成立后,赵云中低头不问世事,待在家里翻翻古书,看看字画,倒也躲过了一些运动。"文革"伊始,终究还是没躲开,家里的古董字画悉数被抄走了。待到十年浩劫结束,东西陆续退还了一些,虽然没退全,但看到东西回来了一大半,赵云中常说:"可以了,可以了,都是身外之物。"对于外公赵云中的开朗与乐观，张冬心小时候常待在外公身边，看得最真切。

赵云中膝下一子一女，儿子赵唯仁，女儿赵卫红。赵卫红原名赵唯礼，特殊年代自己给自己改了名字，张冬心问母亲，为啥把名字改得这么革命，赵卫红想也没想，只答为了划清界限。但实际上，家中里里外外都是赵卫红张罗得多，是周边邻里眼中的能人。哥哥赵唯仁成家后，在外面单住，等到妹妹赵卫红要结婚了，考虑到照顾老人方便，加之张文祥家里住房条件一般，哥哥的意思也是请妹妹、妹夫住在家里为好。张文祥也就只好应了这个形式上的"入赘"，好在赵云中是认可这个女婿的，彼此相处得十分融洽。

张冬心小时候，张文祥赵卫红夫妇白天都要上班，便把张冬心交给赵云中带。赵云中宝贝自己的女儿，连带着也宝贝这个外孙。早上，张冬心跟着外公去菜场买大饼油条，下午闲时，再看外公翻书弄花，从小就耳濡目染。张冬心现在还能写几个端正的毛笔字，也得益于小时候外公手把手教下的童子功。

七年前,赵云中过世,高寿九十有六,留下一纸遗书。遗书里的内容不复杂,也都是老人生前就跟子女讲清楚的。考虑到这几十年都是赵卫红在照顾老人,赵云中决定,家里这套老房子就留给女儿赵卫红了,名下的存款还有七八十万,则全部留给儿子赵唯仁。至于赵云中手里最值钱的那些古董字画,这些年陆陆续续"出"了一些,换了钞票改善生活,平时赵云中看病住院的医药费,也都是从这里面出的。在古董拍卖行当里,专把赵云中这样的称作"老户""老家",但凡有东西从"老户""老家"出来,不仅受人关注,成交的价格也会略高个一两成。

关于这部分古董字画,赵云中的遗嘱里写得很清楚,悉数留给孙子赵金农和外孙张冬心,说是要给第三代留点念想。数量上,孙子赵金农分得一半,以书画、册页为主,外孙张冬心分得另一半,多是古籍善本,兼带一部分扇面和小名头书画。但在价值上,则差不多是三七开的样子,孙子赵金农占七,外孙张冬心占三。加上留给赵唯仁与赵卫红的那部分，两家相加也基本差不多一碗水端平了，可见老先生处理此类事情，原则性极强。至于这些古董字画在品类上为什么要这么分配，除了价值数量上的考量之外，大概也考虑了孙子和外孙两人不同的脾性。张冬心是学文科的，爱读书，自然是多留点书给他；赵金农学理工科的，不懂这些，还是留些一眼就看得明白的字画为好。

说起这位表哥，张冬心内心还是比较佩服的，赵金农高中时就参加奥数比赛，之后保送名牌大学的计算机专业，现在专做IT，一直都是张冬心榜样一样的存在。但成年以后，张冬心觉得表哥做人做事蛮一板一眼的，可能这跟职业也有关系，不像他这般，时不时还要"天马行空"一下。外公留下来的东西，恰好那年表哥赵金农要结婚买房子，张冬心那会儿则准备辞职开公司需要启动资金，正好这些东西都派上了用场。

那几年正好赶上中国艺术品市场价格井喷，2011年前后是最高点，各种大小拍卖公司纷纷崭露头角，诞生了很多"亿元级"的拍品。张冬心托了报社跑艺术品条线的记者，牵线搭桥找了江海最大的拍卖公司，想看看这些东西到底值不值钱。拍卖公司派了一位端木小姐来对接，最后，征询了两家人的意见，从中挑选了部分送拍。

这部分东西，究竟值多少钱，其实两家人家心里都没底，毕竟这些东西只有老先生一个人最懂。

在拍卖会现场，赵金农和张冬心两人坐在场子里，轮到拍卖自家东西的时候，心里顿时紧张起来。拍卖结束，两个人手心里都是汗，好在结果还不错，全部委托中只有两件东西流拍，其余悉数成交。其中，赵金农委托的七件字画，扣除缴税和拍卖公司的佣金，最后净得人民币430万元，张冬心委托的六件字画，也净得人民币120万元。这次委托，成交价格最贵的是一张六尺的吴昌硕《富贵花开牡丹图》，落槌价是120万，买家还要再加15%的佣金，那就是138万。这件东西，自然是属于赵金农的，光这一件，赵金农扣除税费和委托佣金，差不多净得104万。

"表哥，外公这件吴昌硕，正好够你买辆宝马X5啊！"张冬心事后跟赵金农开玩笑，便总拿这宝马X5来打趣做类比。

原本这是一件皆大欢喜的事情。赵金农拿了这430万，再加上一些积蓄，直接全款买了一套180平方米的大平层做婚房。当时总价600万的房子，现如今都快值1500万了。至于张冬心那笔120万，100万拿来开公司做启动资金，20万直接给了母亲赵卫红，让她平时花销。大家原本开开心心，感恩赵云中保佑子孙，但独独有一个芥蒂，一直没有解开。好在这个"芥蒂"，说大不大，但就是很特别，特别到压根就回避不了。

说起这个"芥蒂"，源头还是要再次回到赵云中那里。老先生也不知道什么原因，所收藏的古董字画里，最偏爱金农，而且爱到痴迷。

清代"扬州八怪"里，郑板桥名声最大，但论艺术成就最高的，世人普遍推崇金农。金农生于清康熙二十六年（1687），卒于乾隆二十八年（1763），钱塘（今浙江杭州）人。早年曾有心功名，于乾隆元年参加博学鸿词科考试未果，从此游历四方，终身布衣，寓居扬州，以书画为生。他博学多才，嗜奇好古，收藏金石文字颇富。他的成就是多方面的，诗、书、画、印俱佳。其中，金农的书法艺术造诣极高，一手"漆书"最令人着迷，足以载誉中国书法史。

要说赵云中偏爱金农到什么程度呢，反正老先生自打做了爷爷和外公，给孙子取名"赵金农"，给外孙取名"张冬心"，即是明证。金农，号冬心先生，这个"冬心"得自唐代诗人崔国辅诗句"寂寥抱冬心"。因而，张冬心从小就知道，自己的名字，得自于大画家、大书法家金冬心先生的号。

在赵云中的收藏里，收有金农的一字一画，总共两件作品。字不用说，四尺的漆书作品，气息贯通，画呢，虽然不大，一尺半，但神韵还是在的。后来赵云中又经行家点拨，确认了这字是金农的真迹，画呢，吃不准，有六成可能是"老充头"，但东西肯定是旧的，仿得也极其到位，一般人看不出来。谁承想，"文革"一来，东西全部抄家，等到1980

年退还抄家物资的时候,那张金农的画退回来了,那幅金农的字却死活找不见。为此,赵云中还去有关部门询问了几次,但都没有结果。看着退回来的收藏,赵云中嘴巴上说着还可以,但心里想到失去的那幅金农的字,痛是真的痛。

张冬心记得小时候外公每每对他说起这件事情,久久不能释怀,最后对张冬心总结道:"造反派里有专家呀,真东西不见了,老充头倒退回来了。"尽管说是老充头,但这张金农画挂在赵云中房间里时间最长,足见老先生对"金农"是真心实意的喜爱。

金农那"一字一画"被抄没的时候,赵金农和张冬心都还没出生,等到那张金农画被退回来的时候,赵金农五岁,张冬心三岁。原本赵云中临终前想把这张画留给孙子赵金农,但后来觉得孙子已经分了那么多好东西,又想起外孙张冬心从小就在身边长大,论感情,自己同外孙更亲近,再觉得女儿赵卫红其实也没过上什么好日子,家里经济条件也比哥哥赵唯仁差了不少,便属意把这张画留给了张冬心。再说了,那就是件"老充头",假画一张,就算是古代的假画,那也是假画,值不了多少钱的。这其中的细致考虑,前前后后,张冬心都是知道的。

外公赵云中最后生病住院弥留之际,有好几天都是张冬心亲自陪夜看护,那时候,表哥赵金农正在美国出差,所幸赶上了见老先生最后一面。但这些掂量,张冬心早就听外公絮絮叨叨说了许多。张冬心原本以为外公就是给自己留了那张金农的"假画",没想到最后遗嘱里还有其他许多好东西,每每想到自己开广告公司,100万启动资金相当于是外公给的,便总有些感伤,并且深深想念宝贝他的外公。

"舅舅、舅妈,我先敬舅舅一杯,今天是您七十大寿,祝舅舅身体健康,万事如意!"张冬心端起红酒杯说道,一杯敬完,又赶紧举起第二杯敬了舅妈。

一旁的赵卫红心疼儿子在自家亲戚面前还要维系周全,便有些不舒心,对张冬心说道:"好了,好了,吃那么多老酒做啥啦,又不是在外面做生意应酬,都是自家人呀。"

赵唯仁听赵卫红这么说着,多少也听出来一些弦外之音。

这天是大年初二,赵唯仁约着两家人一起吃饭,中心思想是趁着春节假期大家都有空,提前把自己虚岁七十岁的生日过了。赵家两兄妹的感情总体还算可以,第二代赵金农和张冬心现在也都算事业有成。事业之外,赵金农家庭也很美满,儿子都上小学二年级了。两相比较,赵唯仁觉得,外甥张冬心至今还单身没有成家,再加上两年前妹夫张文祥刚走,怎么说,也是自己一家比妹妹一家更"圆满"一些。

本来也是相安无事的,事情出在吃这顿饭的前一周。哥哥赵唯仁突然打了个电话给妹妹赵卫红,大意是说,那张金农的画,赵金农觉得跟自己的名字相关,有特别的意义,想跟表弟商量一下,能不能把这张画让给他。

电话这头,赵卫红同赵唯仁"理论"起来。

"阿哥,这画是老头子写在遗嘱里,专门留给冬心的。孙子永远是孙子,这点没什么好说的,我这个做孃孃的，也是欢喜侄子的。你想，老头子思路多清楚啊，孙子和外孙那是有本质区别的，他分东西很公平，金农分得多、分得好，冬心虽然分得少，但对于一个外孙而言，已经很好了。我们又何必再去翻这个旧账呢？"

"阿妹，你说得没错，我也是这么跟金农说的。但是，他一直有这么个心结在。他也是最近才跟我提出来，就是想跟冬心再商量商量。金农说了，他可以出钱的，不是白要，是买过来。"

电话那头，赵唯仁继续磨着。

"钱钱钱，又是钱，我赵卫红又不是过去，我也有钱的呀。"也不等赵唯仁那边辩解，赵卫红顿时火冒三丈，挂断了电话。

年初二这顿饭，赵卫红原本是不想来的，倒是张冬心做起了母亲的思想工作，说舅舅也不是这个意思，你们兄妹俩感情一直很好，没必要为了一张"假画"伤了感情。

"表哥真要，就给他吧，也不用提钱的事情，给就是了。"张冬心说道。

赵卫红依旧不肯，顺势骂了张冬心一顿，说这张画是外公最喜欢的，外公特意留给你，那是专门保佑你的，怎么就这么拎不清。看母亲是真生气了，张冬心继续做工作，好不容易哄妥帖，赵卫红才答应年初二去吃这顿家宴。与此同时，张冬心也已经把后续要做的事情都想周全了。

"冬心，这个想法是我提出来的，我觉得，我还是当面跟你说比较好。"

饭桌上，那边张冬心刚敬好酒，这边赵金农竟自顾自地说起来，真是哪壶不开提哪壶。

张冬心真心觉得，这个理工男表哥真是在外资企业做IT做得脑子也跟电脑一样了，不过倒也好，直来直去，放在台面上直说也蛮好。

"表哥，你的意思我都明白，但那张画对我也很有意义。当时外公睡在病床上，亲口跟我说把画留给我。再说了，这就是张假画，外公自己心里清清楚楚。后来拍卖公司端木小姐到家里来挑东西的时候，这件东西也是看过的，说老充头卖不出价格。我就不明白了，你干吗非盯着这件呢？"张冬心说道。

"我就是觉得我们的名字都跟'金农'有关，想有个东西纪念一下。"赵金农继续直来直去着。

"表哥，你真要有这个想法，你为什么不去买件真的金农呢？你也知道，外公一辈子最大的遗憾就是那幅金农的漆书再也没找回来。前两天，我刚跟端木小姐通过电话，她们今年春拍大库里要出两件金农的书法作品，照片我已经替你要过来了，一会儿手机上发你。要么我们两兄弟一起合股去买一件，上半年挂你家，下半年挂我家，怎么样？"

张冬心晓得，对付表哥赵金农这种，只能就事论事，但后面那段调侃的话，是故意说给舅舅赵唯仁听的。

"真的有金农的书法作品？快点发照片让我看看。"赵金农说道。

"也发给我看看。"赵唯仁跟着说道。

看这架势，理工男表哥或许是真的想买一幅金农的书法作品，巧的是，手机里的两张照片，还都是金农的漆书。

赵金农端详着这两张图片，其中一副对联，赵金农更是越看越欢喜，一旁的赵唯仁也看得很入迷。

张冬心便说道："表哥，你都是年薪100多万的人了，家里也应该再买点好东西保值增值了。外公那张最大的吴昌硕，你还没卖吧？那张估计现在能卖到180万。还有那几张小的吴湖帆，现在一张至少也要八九十万，你上次卖了一张，还剩三张。我帮你算过了，你手头剩下的那些字画，现在加一起至少值150万美金，你在洛杉矶尔湾买套别墅，足够了。"

"你怎么知道我要在尔湾买房子？"赵金农看了一眼父亲赵唯仁，心想肯定是父亲走漏了风声给张冬心。

一旁的赵唯仁假装夹菜，并不言语。

"我就是随便一说，你不是经常去洛杉矶出差嘛，我听说尔湾那边的房子相当不错。"张冬心说道。

"冬心，不瞒你说，事实上，我已经买好了。"赵金农慢条斯理地说着，"最重要的一点，你表哥我买尔湾的房子，压根就用不着卖字画凑钱，靠自己就OK了。"

"所以说啊,从小到大,表哥你一直都是我学习的榜样啊!那啥时候方便,我们去美国旅游的时候,就住到表哥家里去吧。"张冬心一边说,一边举杯敬赵金农。

一说起房子,气氛顿时热闹起来。房子永远是江海人民饭桌上永恒的话题,更何况还是在美国买房子,即便是起先还有点闷闷不乐的赵卫红,也渐渐加入到这个话题中来。张冬心对于自己转移话题的能力,还是很有信心的。

"金农、冬心,你们两个现在都事业有成,我想,老爹在天上也是开心的。今天是我虚岁七十岁生日,那张画的事情,从今以后就不要再提了。金农啊,你真要有本事,有腔调,你就去买一件真的回来,这样爷爷在天上也会对你跷大拇指的。"

赵唯仁最后发话,这件事情终于算是告一段落了。一旁的赵卫红觉得阿哥大概是老酒喝多了,说话竟然变得有底气了。

家宴完毕,在酒店门口,赵金农叫住张冬心:"冬心,你把端木小姐的微信推给我,我跟她联系一下,电话也再发我一下,我都好久没跟她联系了。"

"好的,我现在就推你。还有,人家现在已经是拍卖公司总经理助理了,你记得叫人家端木总。"

"晓得,反正我具体跟她对接了再说。那副对联,不晓得要卖多少钱呢。你觉得会到什么价位?"

"这个你得问她了,我知道的那些都是皮毛,这事还是得听人家专业的。"张冬心说道。

回家的路上,张冬心开着车,赵卫红坐在后座。回想起刚才饭桌上的那一幕,赵卫红还在回味,想着自己的哥哥赵唯仁一辈子就是个"支支吾吾"的人,今天居然敢拍板定调,也是奇了怪了。难道男人到了七十岁,胆子就一下子变大了?

"冬心,你是不是吃饭前跟你舅舅说过什么了?"赵卫红突然问道。

"没有说什么,我就是昨天到他家里去了一趟,提前把贺寿的礼物给他送过去了。"

"你送了什么?"赵卫红追问道。

"舅舅不是属老鼠的嘛,我就送了他一只千足金的小老鼠。还好他是属老鼠的,他要是属牛的,我可送不起金牛啊。"

"我想想也是，他赵唯仁肯定是被你搞定了，到底是吃人家的嘴软，拿人家的手短。"赵卫红顿时释然，甚至还觉得有些好笑。

车子在高架上疾驰，两旁的繁华街景，快速游走着。

"冬心啊，你说金农真的要去买那副对联吗？会不会很贵啊？"赵卫红又问道。

张冬心一笑，对母亲赵卫红说："这个您就不用去管了，表哥有这个实力，我们应该为他感到高兴才对。反正我是不会去买这些东西的，现在做生意多难啊，赚点钱不容易的。"

4
水仙花语

李可白此刻正侧躺在张冬心的床上,因为刚刚激情过,身体有些疲累,张冬心将臂膀搂在她的腰间,一如往常。

"你说我们现在这种算什么关系?算婚外情吗?"李可白问张冬心。

"应该不算吧,我反正没结婚,你么差点嫁给我,论先来后到,我还排在前面呢。"张冬心油嘴滑舌道。

"那就算偶尔出轨,旧情复燃。"

"出轨这词太难听了,你顶多算是坐地铁去上班，早上一号线转二号线，现在下班了，二号线转一号线。"

"你讨厌！"

李可白娇嗔着，又一次坐到张冬心身上。张冬心赶紧求饶，李可白方才不再为难他，就势趴在张冬心身上，让自己的胸口和张冬心的身体贴得更近一些。

张冬心轻声问道："最近公司有事不开心？"

李可白摇摇头。

"那家里有事？"

"还好，就是小朋友不听话。"李可白说道。

"慢慢来，急不得。"

李可白应了一声，起身下床，对张冬心说："我要回去了。"

张冬心躺在床上，轻声回了个"好"字，便不再说话。

他安静地看着李可白穿戴好衣衫，这情形既没有偷情结束盼着快点离开的慌张，也没有日常夫妻生活那般慵懒拖沓。张冬心能感觉出其中的特别，李可白跟他讲过，每一次她躺在这张床上的时候，即便这床上的被褥再精致，再舒服，也好像有刺在下面扎着。

张冬心明白，就算彼此过去那么熟悉，按照现在的道德标准，这事总归有地方不妥。只是看着李可白忘我释放的样子，张冬心又忍不住想关心她，想百分百地满足她，只要李可白开口说要，无论她要什么，他都愿意给。但问题出就出在李可白到目前为止，要的只是这层熟悉的肉体关系，其他一概不提。而说到底，这种身体与身体的紧密贴合，绝无半点其他附加的"纯净关系"，张冬心自己也很需要。他唯一不确定却又会经常遐想的是，如果当年真的和这个女人结婚了，现在又会是怎样一个情形呢？会不会在平行世界的另一端，存在一个同样的"张冬心"？

李可白已经穿戴整齐，刚刚又去卫生间整理了一下头发。此时站在张冬心面前的李可白，又是那个可人的李可白了。张冬心心满意足地打量着眼前这位女子，论长相，同二十几岁时相比，李可白此刻的妆容更加精致，也更加高级。气息上，三十五六岁的样子，也比过去更有味道，但害羞的神情，已经绝迹了。

"我反正跟你说过了，你这个家里，除了我之外，不准有其他的女人进来。"李可白指着张冬心说道。

张冬心笑笑，"凭什么啊？你又不是真的女主人。"

"我不管，反正你不允许带外面的女人进来。"

"可以。我不带，我在外面解决。"

"那随便你，你在外面爱怎么玩就怎么玩，我管不着。"李可白半轻蔑，半揶揄，"恭喜你，张冬心，你又多了一种特殊的情感关系，你喜欢的。"

张冬心感觉最后一句"你喜欢的"话里有话，是那种想管又管不了，更何况自己就是当事人，有一种贼喊捉贼般的"好笑"。

"对了，你刚才说的那幅金农的画，能让我看看吗？我想看。"李可白对张冬心说。

刚才云雨间隙，张冬心把年初二吃饭时的那一幕跟李可白讲述了一番，纯粹当家庭琐事在讲，听的人倒是听进去了。其实，李可白同这幅画也有过"一面之缘"，张冬心那会儿跟李可白谈恋爱时，带李可白以准外孙媳妇的身份去见过外公，外公赵云中对李可白很满意，直夸漂亮懂事。在外公屋里，李可白看到过这幅金农的画，但只是瞟了几眼，从未细看过。

"你真想看？"

"嗯，想看。"

"好，你等一下。"

张冬心转身进入书房，从柜子里拿出一个用报纸包裹着的卷轴，把外面的报纸解开，再随手找了两个镇纸压着卷轴上下两头，将画平铺在桌子上给李可白看。

"这么珍贵的东西，你就用旧报纸包着啊，古画不是应该恒温恒湿保管吗？"李可白问道。

"古代哪有什么恒温恒湿啊，没那么多讲究啦。南方梅雨天多，平时只要在外面包几张报纸就行。报纸油墨可以防虫蛀，还能防潮，足够了。"张冬心解释道。

李可白聚精会神地看着眼前的这幅金农画，也是第一次看得这么仔细。

这张画，尺幅一尺半多一点，接近两尺。主画面画的是好几簇盛开的水仙花，边上又倚靠着一些青石。全画皆用墨笔，并无设色，看细里，是纸本的材质。画作上有金农颇为端庄的题记，写的是"岁华摇落物萧然，仅凭一勺清水，娉娉叠叠，更有许多堪羡。十九松长者题记"。然后，题记后面跟着有一方朱文的印章，"金氏寿门"。

"我能拍照吗？"李可白问。

张冬心连忙接话道："拍，随便拍，想怎么拍就怎么拍。"

"冬心，你知道水仙花的花语是什么吗？"李可白又问张冬心。

"花语？什么叫花语？"

"花语就是人们借用不同的花来表达不同的含义，比如玫瑰的花语是爱情。送一朵玫瑰，就是我的心里只有你；送十三朵玫瑰，就是我暗恋着你；送二十四朵玫瑰，则是时刻想念你。"

"这么复杂，其他花呢？"

"丁香花，花语是光辉灿烂。虞美人，花语是倾国倾城。再比如郁金香，花语是走出孤独，自然会邂逅永恒的爱情。总之，各有各的说法。"

"我大概听明白了，估计又是外国人想出来的花样。那水仙花是什么花语？我敢打赌，金农那时候，画梅花、画水仙花，可没这些讲究。"

李可白一本正经地对张冬心说道："水仙花的花语是思念，而且还是那种特别自恋的思念。"

张冬心原本想说这花语既自恋又思念的，好像逻辑上不通，但见李可白的认真样，便把这些话都"咽"了回去。

李可白低着头，仔细地看着这幅墨笔水仙，说道："冬心，这张金农的水仙，真的很漂亮，寓意也好。"

张冬心说："你要喜欢，我送给你。"

"我不要，这是你外公留给你的宝贝。"

"你现在要是我老婆的话，这张画就是你的呀。外公那会儿很喜欢你，真心希望你能嫁给我的。"

"那我让外公失望了。"

李可白抬头冲着张冬心尴尬一笑。

此刻，金农那张画，好像也大大方方地享受着这种被关注、被审视、被议论的傲娇姿态。

水仙，在中国古代又称作金盏银台，一直是春节时的清供名花，所谓"含香体素欲倾城，山矾是弟梅是兄"。再看这张"金农"笔下的水仙，这架势，这自信，怕是冬天里最傲娇的那个"独特存在"。张冬心记得，每逢冬天，外公赵云中都会在房间的案桌上放上一盆水仙花，花儿盛开时，满屋子的清香扑鼻。金农画中的水仙与现实世界的水仙，在那一刻，完美融合。

如今，与金农这幅画相对应的，则是另外一个场景。

李可白拿着手机，拍了画的全景和局部细节，落款的地方，包括图章，都拍得很仔细。拍完之后，她又端看欣赏了七八分钟，才让张冬心把画收好。张冬心熟练地卷起画轴，李可白又对着卷轴的两个轴头和装裱题签的地方，拍了好几张照片。

张冬心调侃道："拍得很专业嘛，是不是这几年也开始搞收藏了？"

"随便拍拍，提高文化修养。"李可白说道。

待到把画放好，张冬心便准备送李可白出家门。李可白让他别下楼了，自己直接走就是了，省得被周围邻居看到。张冬心在这些事情上，从不纠缠，李可白怎么说，他就怎么听从。但今天，张冬心记起来还有个正经事没说，便让李可白稍微留步。

"上次超凡广场那个项目，最后一笔尾款已经结掉了，中间那个居间费怎么处理？还是老样子吗？"张冬心问李可白。

李可白直接说道："还是老样子吧，一个点，你取成现金给我，其余的都放你那里。"

"也别老放我这里了，你万一需要用钱的时候，还要周转。"张冬心说道。

"没事，就放你那里吧。万一哪天我跟许达离婚了，我还指望你能收留我呢。那些钱，就当作我的嫁妆吧。"

李可白说完，伸过头来亲了张冬心一口，紧接着，挥挥手，走出门外。

张冬心叮嘱她路上当心，开车开慢点，老公嘱咐老婆出门当心的那种口吻。

但在关上门的那一刹那，张冬心竟然莫名地有些"怅然"。回到餐桌旁，他给自己倒了一杯咖啡。一个人待在家里的时候，张冬心喜欢一边喝咖啡，一边抬头看着天花板。

"你如果现在有老婆，我肯定不会来打扰你。"

这是李可白与张冬心恢复"关系"后，李可白经常挂在嘴边的一句话。

在他们恢复"关系"之初，张冬心和李可白坦率地聊过一次。因为不像谈恋爱时既想袒露心扉，又有些遮掩，李可白一开始便径直扔过来这么一句。

倒是张冬心看自己现在的状态，着实比一般男人多了两个优势：第一个优势，单身没结婚，所以，不受家庭婚姻的束缚。第二个优势，自主创业，不在体制内工作，所以，便可不受组织纪律的约束，只要不犯法、不违背公序良俗，想做什么都可以。事实上，张冬心这几年就是凭借着这两个优势，极其潇洒地"做着男人"，一个手里有点小钱的"双重自由"男人。

但自从与李可白恢复了这层"关系"后，张冬心总是隐约感觉有点"不对"，生怕捅娄子。但静下心来再一想，料定李可白是一个自己搞得定的女人，某种程度上，李可白比他张冬心更知道分寸和目标。李可白那边，本来也不需要自己多担心，倒是因为这种"关系"的"回归"，张冬心的"心病"也稳定了下来，这对张冬心而言，才是真正的救赎。

咖啡喝完了。

想起刚才李可白一阵天花乱坠的"花语"，一愣一愣的，着实迷惑了张冬心。张冬心心里也好奇起来，便打开电脑，搜索相关网页。突然发现，除了"思念"之外，水仙花还有一个隐秘的花语——"孤独的守望者"。显然，李可白不可能不知道这个花语，她只是选择对张冬心进行了"隐瞒"。张冬心觉得，这种"隐瞒"情有可原。

5

心魔与烧鸟店

接到马成功电话的时候,张冬心正在广州白云机场办理登机手续。当天上午到的广州,办完事后下午四点半的飞机,再从广州飞北京。

"周五能回来吗?"马成功说道,"周五晚上,我们两个人聚一下,老地方,酒水我来带。"

"好,没问题,我肯定赶回来。"张冬心说道。

一个月前,马成功如愿当上《江海早报》主编。宣布任命当天,张冬心发了条祝贺信息给他,八个字"前路漫漫,马到成功"。马成功到了晚上六点多才得空回了一条,一句"感谢兄弟",尽在不言中。两人约好了,忙过这阵子一起吃个饭,马成功做东。

这段时间张冬心也着实劳累,好几个汽车品牌的大单,都得张冬心亲自出面洽谈不可。自从创业开公司之后,旅途奔波便成了家常便饭,但张冬心很享受这种每天在不同地方吃饭,每天在不同宾馆睡觉的日子。面对这种高频的强压,但凡是人,都需要压力释放,因为没有了体制身份的束缚,张冬心便放飞得十分彻底。

奇怪的是,李可白却能医治张冬心的"心病"。在李可白之前,张冬心也谈过几个女朋友,后来因为各种原因分手,总免不了有一些那方面的磕磕绊绊。那会儿张冬心觉得大家都是年轻人,为什么不可以尽情放纵呢?福柯的《性经验史》里,权力压制、道德关系、部落繁衍、罪恶感,各种扭来扭去的哲学思考,曾经着实令张冬心沉迷。等到工作以后,成了真正的"社会人"和"成年男人",张冬心才意识到压制过后的宣泄才是最刺激的。但渴望宣泄与能够宣泄是两个概念,张冬心始终遇不到对路的人，直到李可白的出现。

李可白的前后两次出现，都"拯救"了张冬心。第一次出现的时候，张冬心开始反思过去的那些羞耻，但随着李可白的离开，那些羞耻变本加厉地反扑过来，张冬心不再觉得那是羞耻，直到渐渐变成无感，潜意识里豢养着那个"心魔"一天天长大。而这一次，李可白重新"回归"张冬心的生活，因为这种回归本身是"不道德"的，张冬心便感觉李可白也不再是过去的那个白衣天使，而像是一个老天派来迎合他、纵容他、满足他的肉欲黑天使。他有过不安，但不安过后，他反而更加贪婪地享受着李可白的身体，那每一寸他都无比熟悉的肌肤。这一切，让他彻底切断了过去的各种"不堪"，独独陷在李可白这个深坑里。如此一来，虽然深陷其中，心里却比过去安静。

这的确是一种很奇怪的情感关系，但是，他停不下来，也拒绝停下来。

世俗的周五晚上，如期而至。

同马成功的周末餐叙，恰好能够帮助张冬心从内心隐秘角落的纠缠中,暂时抽离出来。用兄弟之情对冲一下男女情欲,顺便去谈一些功利的事情,譬如金钱啊,权力啊,声誉啊,仿佛谈论了这些男人应该关心的大事,就不至于整天陷在下半身的纠缠里似的。

张冬心和马成功见面的地方,是一家日料烧鸟店,很隐蔽的一个小店面房子。张冬心掀起布帘,进入里屋,在服务员的导引下来到一个小包间。马成功已经早早地在里面等候了。

"不好意思,让我们马主编久等了。"张冬心调侃道,"给领导赔个不是呵。"

"你少来。"马成功回了一句,继续低头看菜单。

张冬心用毛巾擦了擦手,马成功点菜完毕,最后怕不够,又追加了一份鮟鱇鱼肝方才作罢。

"老样子,一瓶茅台,我们一人一半。"马成功说道。

"没问题,今天都听马主编安排。"张冬心答道。

这家日料烧鸟店,最早是张冬心带马成功来的,后来,马成功竟把这家小店变成了自己的一个"据点"。张冬心偶尔到这里来小酌,看到老板吧台上有几瓶烧酒挂着"马先生"的牌子,就明白,马成功的这个据点,真是扎得牢牢的。

张冬心同马成功碰过杯后,开始攀谈起来。

"怎么样,这一个月的主编做下来什么感觉?"

"业务上没什么问题,不管是日常采编,还是广告经营,都是熟门熟路。就是身份上,还要有个适应的过程,现在还有点别扭,有点不适应。"马成功答道。

"别扭?你都做一把手了,还有啥好别扭的?"

"冬心,还真是有些不一样。过去我做惯了二把手、三把手的副职,基本套路,心里面门儿清。但突然做了一把手,反而感觉担子重,一时三刻,变得没套路了。"

"我说老马啊,我们兄弟之间,你就不用跟我说这种场面话了。你不觉得别扭,我还觉得别扭呢。"张冬心笑着说道,"想做这个一把手的是你,做成了,感觉有压力的,还是你。要我看,什么套路不套路的,你想怎么干就怎么干呗,只要不违法乱纪就行。"

两人你一言,我一语,有说有笑着。这餐饭主要是庆祝马成功升职,不知不觉中,酒也已经喝了一大半。

"冬心,今天约你吃这顿饭,其实还有一件工作上的事情。"

马成功端起酒杯,声音有些怯。

"你不用说,我知道。"

"我还没说呢,你怎么就知道了?"

"就那点破事,我知道你心里那些小九九。"张冬心自己拿起酒杯,一饮而尽,"你就直接跟我讲,你准备怎么干?我们兄弟之间,一切都好商量。"

听张冬心说得这么畅快,马成功便把自己初步的一些想法,跟张冬心盘算了一下。张冬心随便点了几句,马成功便仿佛有了灵感。

"反正你就大胆地干吧,好不容易熬到这个位子,混吃等死不是我们的风格。"张冬心说道,"另外,我跟你交个底,报社给我的那个分类广告承包合同,正好今年年底到期,到期后我就不续约了。从今以后,我也不会参加任何跟《江海早报》有关的广告竞标。老马，当年报社决定把这个生意给我做，是上届报社班子的集体决策，现在合同到期，我正好退出来。人人都知道我跟你关系好，在这个开新局的节骨眼上，我就不要自讨没趣了，一切以你的大事为重。"

"那你少掉这块生意，会不会影响到公司生存啊？"

"过去会在意，现在底子厚了，没事。"

"对不住兄弟，让你损失了。"马成功端起酒杯，郑重地敬张冬心，"咱们有情后补，补不上的，你也别怪我。"

张冬心连忙摆了摆手，打断马成功的话，说道："你就放手去做吧，就你一根独苗了。你再不上位做点成绩出来，等到后面一帮人冲上来，坐到你我头上的时候，咱们后悔都来不及了。"

6
2017年5月25日，星期四

这天是2017年5月25日，星期四。

李可白说要和张冬心见面，而且，晚上要在张冬心家过夜。熟门熟路之后，男女的事情也就那么回事，但李可白提出要过夜，这却是第一次。

张冬心内心里起了波澜，预感要发生什么事，或者就是，事情已经发生了。

"那在家一起吃晚饭？"张冬心发信息给李可白。

那头回复了信息，说："不用，我晚上九点到。"

张冬心接着答复了两个字"好的",那头便没再多说一句其他的。

小区里的住户各自亮着灯,看灯光的数量,张冬心小区的自住率大概有六七成。这个小区原先是个涉外的租赁型公寓,格局基本上都是一室一厅和两室一厅的小户型。开发商后来做了改造,换了外墙的外立面,又把彼此相邻的两套小户型合并成一套,对外重装销售,算是江海市内蛮精致的高档小区。因为是两套并一套,原先各自配的厨房都还保留着,于是这三室两厅的房子便有两个厨房,一个中式,一个西式。

张冬心下班后早早地回了家,李可白说是晚上不吃晚饭,但保险起见,张冬心还是开车拐到附近的精品超市,买了一些现成的熟食和沙拉回家。到家后,张冬心给自己煎了一块牛排,黄油在平底锅里融化,牛排放下去滋滋作响,煎到五分熟后取出。张冬心在餐桌旁坐定,又给自己倒了一杯红酒,智利蒙特斯的"紫天使"。张冬心一边吃着牛排,一边端详着酒标上的紫天使,只见女天使左手拿着酒杯，右手拿着一串葡萄，身上的两个翅膀尽情地展开着。"PURPLE ANGEL"的大写字母，标识明显，整个酒标的图案与文字全都是紫色的。

张冬心端详着紫天使安静的样子，喝着红酒，吃着牛排，等待他那位"天使"到来。

九点刚过五分，门铃响了。张冬心知道是李可白来了，但看电子门禁视频，李可白并没有开车从地下车库上来，而是在一楼的出入口摁的门禁。张冬心按了确认键。两分钟后，预计此刻李可白已经在电梯里了，张冬心便把房门打开，探出半个身子来等她。电梯显示到了18层，电梯门打开，李可白从电梯里走了出来，右手边"1802"就是张冬心的家。

"来了啊。"张冬心一把接过李可白右手提着的手提包，闪身让李可白进了家门，随即把门关上，又下意识地从猫眼里看了一下门外。

"放心，后面没跟打手。"李可白看着张冬心的样子就想笑。

张冬心刚吃完晚饭，盘子和刀叉堆在桌上，都还没来得及收拾。那瓶紫天使也只喝了三分之一，张冬心的酒杯里剩了一点酒底，边上还摆着一个干净的红酒杯，是给李可白预备的。

"先坐下来喝杯酒吧。"张冬心一边说，一边给那个空酒杯倒上酒。

李可白把外套挂在进门的衣架上，此刻已换好拖鞋，洗好了手，伸了一个懒腰，坐在张冬心对面。

"今天怎么没开车？"张冬心问道。

"不想开，开车还要访客登记，今天晚上过来我就懒得开了。明天早上上班，你开车送我去公司。"李可白喝了一口酒，对张冬心说道。

"今天晚上真的住我这里？"

"嗯，不欢迎？还是晚上有其他人来？"李可白说道，"不方便的话，我现在就走。"

"哪里有什么其他人？我就是好奇，过去再晚你都要回家，从来不肯在我这里过夜。今天怎么就变了？"

"许达出差去了，我昨天跟他吵了一架。然后今天早上，我把儿子送我爸妈家了，我跟他们说，今天晚上我要加班。"

"噢。怎么吵架了？"张冬心试探着问道。

"吵架能有什么理由，吵就吵了呗。"李可白又喝了一口酒。

张冬心没见过许达，但知道李可白和许达结婚时，许达已经官至区府办副主任，后来又升职担任过区府办主任、区国资委主任。去年听李可白讲起，许达去市委党校中青班脱产学习了三个月，照这个节奏大概后续还有重要任命。但是，人家的老公再怎么升迁，跟自己又有什么关系呢，人家的老婆，现在要在自己家过夜，这才是实实在在的事情。

"你说当年如果我嫁的人是你，我们现在的日子，会是什么样子？"李可白问。

张冬心想了想，说："可能我就不会下海开公司了，大概现在还在报社，一个月拿15000块钱的工资吧。"

"你觉得一个月15000块工资，在江海，能养得起我这样的老婆和孩子吗？"

"我不知道，钱赚多赚少，日子都要过的。"

"你那个时候恨我吗?"

"什么时候?"

"我跟你提出分手的时候。"

"想听真话,还是假话?"

"真话。"

"真话,就是恨过。"

"那假话呢?"

"假话,就是一点也不恨。人往高处走,水往低处流,老天爷都算好的。"

"你倒蛮真实的,连哄哄我都不肯。"

"都这个年纪的人了,哄来哄去,有啥意思呢?"

张冬心看李可白的酒杯快空了,又拿起酒瓶给她倒了点酒。

"那个时候,我说是我妈不同意,你相信吗?"

"相信啊。我那时候连像样点的婚房都买不起,我如果是嫁女儿,我也不肯我自己女儿受苦的。"

"我妈如果知道你现在这个样子,大概不会不同意的。"

"那你要么明天就和许达离婚,然后你跟你妈说马上跟我结婚，你看她同不同意？"

"神经病！"李可白说道，"这可是你说的呵，我明天就跟许达离婚，上午办离婚，下午就和你结婚，民政局也不用分两天去了。"

"我没问题啊，明天我到我妈那里拿户口本，你说好时间，我准时到，绝对不迟到。"

李可白嘴角"嗤"的一声："哼，说得跟真的一样。你一个当老板的，说话也不托托下巴，一派胡言啊。"

"那怎么办呢，我就喜欢你这样的，一帖药，专治我的疑难杂症。"张冬心冷不丁一句"哄人"的话，说得李可白花枝乱颤，一瓶酒也基本上都喝光了。

那晚上，张冬心好像有使不完的劲，李可白也好像把自己又一次点燃了。她像一条喷薄而出的火舌，贪婪地占领了房间里的每一个角落，但凡能留下她气息和印记的地方，她一个也没有放过。

18层是这栋楼的顶楼，两梯两户的设计，张冬心住1802室，对面的1801室一直空着，没人住。因而整个18层，仿佛就是张冬心的专用楼层。此刻，张冬心的指尖正在"女主人"光滑的后背上游走，所到之处，偶尔做一下停留。"女主人"此刻也似乎已经用光了全部的力气，趴在凌乱的床单上，闭着眼睛，任由对方或急或缓地戏弄，神情里无比地享受。

"还好对门1801一直空着没人住，否则，就你刚才那声响，人家肯定要来敲门投诉了。"

"人家万一来投诉，那你就跟他商量，把1801买下来。"李可白说。

"拜托，这代价也太大了吧。"

"你舍不得？"

"我不是舍不得，我是担心把1801买下来了以后，整个18层都成了你的领地。我是担心我的身体要透支，填不饱你的胃口了。"张冬心此时又是冷不丁一句带颜色的玩笑话，笑疼了李可白的肚皮，也把自己逗乐了。

张冬心晓得，此时的自己，已经不再是当年那个没法给予对方"安全感"的张冬心了。物质上的缺乏安全感，是一种焦虑，控制不住这个人的"安全感缺失"，也是一种焦虑。张冬心那会儿是脑子太活络，口袋里却没钱，任凭再怎么爱，女人的心里总免不了担心。如今，张冬心进化完毕，物质经济上没啥可担心了，至于对人的控制，控制得住又怎样，控制不住又怎样？女性惯有的"安全感"焦虑，说到底，在张冬心看来，还是对自己不自信，把金钱看得太重要了，也把男人看得太重要了。

当然，从男人角度而言，消除了这些所谓的"安全感"焦虑之后，最要紧的，还是得有一个有趣的灵魂跳脱出来。张冬心此刻觉得，即便是十个许达加在一起，也肯定没有他一个张冬心"有趣"。这是他当年可怜又可悲的倔强，如今却是他发自内心的自信，甚至是自负。

这一夜，回味良多。

第二天早上，张冬心开车送李可白上班。等红灯的间隙，张冬心时不时地要看一看坐在副驾驶位子上的李可白。

李可白被他看得既害羞又厌烦，说道："张总，请你不要这么花痴，好不好？你都四十岁的人了，至于吗?"

张冬心说:"多看一眼是一眼,又不是每天都能看到的。"

李可白并不想继续这般调情,她脑子里想着一件事情,正想找机会同张冬心说。

"你外公那件金农的画,我看你挂在书房里了。"李可白说道。

"嗯,你看到了?你觉得怎么样,跟书房里的布置搭不搭?"

"还行吧,但总归不是最搭。"

"我反正就挂两个礼拜,让这幅画透透气。"张冬心说,"你还别说,这画是有灵气的。我最近经常看这幅水仙,真觉得这幅画蛮好的,管它真画假画,挂起来看着舒服就行了。"

话音刚落,张冬心的汽车正好驶入过江隧道入口,自动打开的车灯,让隧道里的景象具有了电影里的魔幻感。看着隧道内景,两人在车厢里沉默了五六分钟。待到汽车驶出隧道,过了一个红绿灯道口,张冬心把车开上了高架。此时,清晨一缕阳光斜插穿过高架桥的护栏，直接照进车内，有些刺眼，李可白便从手提包里取出一副墨镜戴上。

"冬心，你把那幅金农的画卖给我好吗？"李可白开口道。

"卖给你？这是怎么了啊，你对这幅画着迷了？"

"我也不知道，反正上次在你家看了这幅画之后，心里很安静，很舒服。"李可白继续说着，"我知道这幅画跟你的名字有关，反正我感觉自己能和这幅画对话，很特殊的一种感觉。"

张冬心忍不住笑出声来，说道："没那么夸张，你喜欢，你就拿去吧。反正我说过，本来这张画就该给你的，外公给外孙媳妇的。"

"不行，我不能白要，我要出钱买。你说多少钱合适？"

"你有病吧，你喜欢你就拿去，什么买不买的。再说了，一张老充头能值多少钱，又不是真的金农的画。"

"那如果是金农的真迹，大概得多少钱？"

"真的金农的画，最贵的一套册页要卖到4800多万，大一点尺寸的精品墨竹图，最高峰时卖到过1500万，都可以买对面那套1801了。"

"那这种老充头能卖多少钱呢？我就想听听，你跟我说说嘛。"李可白语气变得娇滴滴的。

"大概也就8万、10万，最多10万吧。"张冬心说道，"买来玩玩，送送人的那种。"

"那行，那就算10万块。"李可白接着说道，"但是，你得跟我签一个合同，合同里写清楚，我花100万从你这里买这张画。"

张冬心开着车，听了这话，脑子里有点蒙，感觉自己听糊涂了。此时，车子正好要下高架，出了匝道，随后前面一个路口右转，再过三个红绿灯，就是李可白上班的办公楼了。因为是上班早高峰，下匝道的车子较多，张冬心的车子便堵在了这长长的车流中。

此刻因为有了充足的时间，张冬心看了一眼李可白，诧异地问道："这个100万，又是什么名堂？"

"简单点说，就是我跟你签一个合同，甲乙双方就是我和你。我打100万给你，但这个画实际就是10万块钱，剩余的90万放在你那里，你帮我保管着。"李可白继续解释，"我是真的打100万给你，不是假的，画我也真的要取走的。而且这100万，也是我自己的钱。"

"不是，我是说，你要真的喜欢，你就拿走，我一分钱也不要。"张冬心说完，又好像突然明白了些什么，"我说得更直白点吧，如果你真要有什么钱不方便处理的，就直接跟我说，我来帮你处理。我还信不过吗？不用搞得那么复杂。"

李可白听张冬心这么一说，便转过头来，说道："张冬心，你是不是觉得我这个钱不干净啊？你可真够啰唆的。那我也再直白点跟你说吧，这个钱就是我家里的钱，我自己的钱，也可以算成是我和许达的共同财产。现在，我想100万买你这幅画，不管最后你认定是100万还是90万，总之这笔钱你给我好好地保管着，不许随便花掉。而且，最重要的是，我不想让许达知道我在你这里藏了100万，就这么简单一件事，明白了吗？"

李可白一阵"机关枪扫射",瞬间拿出了平时在办公室里指挥下属做项目的架势。一阵错愕之后,张冬心好像听明白了,又变得嬉皮笑脸起来。

"你这个女人真够有心计的,搞了半天,是要我帮你转移财产啊。那你干脆多转移点,直接转个500万过来,我再贴上1000万,咱们直接全款把对面1801买下来。"张冬心说道。

"算了吧,张冬心,你以为我是富婆啊。我不跟你多啰唆,你要是同意,我这几天做份合同,签完合同三天内,我把100万打到你卡上。你要是不同意,我也不勉强。"李可白答道。

"好了啦,我同意。你满意了吧?"张冬心说道,"我还是那句话,你一分钱不给我,我也没意见。"

此时,车子已经行驶到最后一个十字路口,马上就到李可白公司大楼。李可白让张冬心过了路口之后靠边停车,不用开到办公楼正门口,她想走两步。张冬心照章办事,没有半点拖泥带水,待到李可白下了车,便赶紧掉头上高架,往自己公司赶去。

两天后,张冬心收到了李可白发来的购画合同。

合同总共三页纸，一式两份，看合同条款，应是专业律师或者公司法务起草的规范合同。其中合同的第三条，关于交易价格，特别明确地写着"甲乙双方均应对本合同约定的交易价格保密，任何一方因泄露交易价格给对方造成损失的，应承担赔偿责任"。张冬心看到此处心生苦笑，心想，这个女人的心思和花样还真是多。

根据李可白的要求，张冬心在合同电子文档里填写好了个人信息和银行账号信息，打印完毕后，在合同正本签字落款处和附件上都签好了自己的姓名。那份附件，正是此前李可白在张冬心家里拍的金农画的图片，大图和落款图章的局部细节皆有，这意思大概是说，买的就是这幅画，不是别的。总之，这就是一份规范的艺术品买卖合同，张冬心是甲方，李可白是乙方，该说的都说清楚了。至于不该说的那些，张冬心对李可白说，要么签个补充协议，然后，两份补充协议都放在你那里。李可白说，没必要，我信得过你。

合同签署完毕，张冬心和李可白各执一份。

两天后，李可白的"购画款"按约打到了张冬心的卡上。

那天是早上九点十分，张冬心刚到办公室，就收到银行发来的到账信息提示。一看短信，100万的整数，汇款信息附注里还写明了"购画款"三字。张冬心拿起手机，在微信通讯录里找到"李可白"，点开，发了一句"购画款已收到，谢谢"。不一会儿，李可白也回了一句"好的"，外加一个龇了一口整齐大白牙的笑脸。张冬心会心一笑，搞不懂这个女人把一件小事情弄得那么复杂干吗，随即习惯性地清空了他和李可白的微信通信记录，接着便把手机放到一旁，去忙其他事情了。

周末，李可白到张冬心家里取画。临出门时，张冬心嘱咐道："你好好待这幅画，可别弄丢了。"毕竟，这是外公留给他张冬心最珍贵的念想，说到底，张冬心实际上是不舍得的。

李可白见张冬心说得无比诚恳，便伸出双臂搂着张冬心的脖子，说道："放心，弄丢了，我把自己赔给你。"

张冬心便说:"那最好你连人带画,还有那100万,早点过来大团圆。"

7

人家的老公以及轰轰烈烈的恋爱

张冬心生意上的事情一阵忙碌，而且是那种"越忙越兴奋"的忙碌。几个汽车客户的大单，张冬心原本以为，五单里能中三单已是极限，没想到最后五单全中。这样算下来，光这几笔单子，再加上日常的一些常规业务，张冬心广告公司今年的收成就相当可观了，不经意间，就舒舒服服地把银子挣了。

李可白最近倒是没怎么和张冬心联络。张冬心也很识趣，为了安全起见，他从不主动联络李可白。他之于她，仿佛就是那种招之即来，挥之即去的"清白关系",绝对不给对方添麻烦。

倒是马成功前阵子拿张冬心"打趣",让张冬心生了一肚子闷气。那天晚上马成功饭局结束,平时从来酒后不多事的马成功,鬼使神差,一个电话打给张冬心。

"兄弟,你知道我今天饭局上碰到谁了?"电话那头还没等张冬心回复,马成功这头已经发出了诡异的笑声,"许达哎!我碰到许达了,你说巧不巧?"

"哪个许达?"张冬心说道。

"你小子揣着明白装糊涂啊,还问我哪个许达?自然是你前女友现在的老公,就是那个区政府的许达呀。"

"你大概今天晚上马尿喝多了吧,人家的老公关我屁事啊。"

"人家的老公,那也是不一样的'人家'呀。"马成功依旧不依不饶。

"好了,好了,你小子早点回家吧,回去晚了,又要被你们家刘老师臭骂了。"张冬心说。

"知道,知道,我OK的。"马成功嘴巴里打了一个囫囵,努力捋顺了舌头,"不过许达这个人倒真的没什么官架子,我看下来,这个兄弟还行。噢,对了,人家现在是河海区的副区长了,前不久刚提的副局级。李可白这回可是心想事成,果真做成'官太太'了。"

马成功继续胡说八道,张冬心没兴趣听他胡扯,赶紧挂了电话。但最后一句"官太太",真真切切刺到了张冬心的内心。这轻轻一扎,就是简简单单的一扎,但着实扎疼了。"人家的老公""人家的太太",张冬心本来就是个局外人,这些话就姑且听之吧。但怎么好像又跟自己相关呢?张冬心觉着,自己可能入戏太深了。再回想起来,上一次见李可白,距今也有两个月了。那次见面还是在李可白公司的会议室里一起开会,会议结束,两个人到楼下咖啡馆喝了杯咖啡,竟感觉像是两年没联系了。

常言道,一波未平,一波又起。

母亲赵卫红来电话,让张冬心周六中午回一趟老房子,说舅舅赵唯仁要来吃饭。张冬心问,几个人？一家子都来吗？赵卫红说，就你舅舅一个人来，说要见你说要紧事。

平日里，母亲赵卫红一个人住在老房子里，房间收拾得清清爽爽，阳台上再种点小花小草，闲时就跟几个老姐妹微信聊天、打打电话，自己过自己的日子，也从不打搅张冬心。周六这天中午，因为哥哥赵唯仁要来，再加上儿子张冬心也要来吃饭，赵卫红便早早地从小菜场买好了菜，一阵张罗准备。茭白肉丝，椒盐排条，又炒了一盘鸡毛菜，外加买来的酱鸭、烤麸，再烧了一个罗宋汤，三个人的中饭实属丰盛。赵唯仁和张冬心前后脚到，赵唯仁喜欢喝黄酒，赵卫红便专门备了一瓶高档加饭酒。

张冬心说他今天不开车，专门陪舅舅喝酒，赵唯仁听着暖心，主动多喝了好几盅。

"舅舅，后来那副金农的对联，表哥去看了吗？怎么样，有结果吗？"张冬心问。

"去看了，也去拍了。最后要300多万，你表哥还是没敢下得了手，没拍到。"

"没拍到也是好的，300多万又不是橘子皮，到底还是把钞票留着买房子保值。"一旁的赵卫红说道。

"冬心啊,你跟拍卖公司的端木小姐关系好伐?"赵唯仁突然问道。

"关系么,就是朋友关系呀,当年她帮我们拍卖掉外公那些字画,也是出力的。所以,逢年过节,一直都会互相问候一声。"

"那就好,你看什么时候方便,你能帮我约一下端木小姐伐?或者,你就直接代表我,看看能不能请她协调一个事情?"

"舅舅,到底是什么事情,是跟拍卖公司的业务搭界吗?"

"实际跟拍卖的事情没有太大关系,而是跟端木小姐的一个女助理有关系。"赵唯仁说道。

赵唯仁说话一直中气不足,加上所说的这个事情又不怎么上台面,说着说着,又冷不丁扯到其他的事情上。但即便东一榔头,西一棒槌,张冬心也已经大致把舅舅的这些难言之隐,拼凑出了一个完整的脉络线索。

话说上次大年初二家庭聚会结束，赵金农立马就跟拍卖公司的端木小姐取得了联系，春节上班后还专门去端木小姐办公室拜访了一趟。这些年，端木跟张冬心一直是有联络的，但这位表哥赵金农，也就是多年前的那么一面之缘。为了保持联络通畅，端木指定了自己的助理焦朵朵与赵金农对接。

这位焦朵朵小姐，英国伦敦留学归来，二十七八岁，长得很洋范儿。攀谈之中，女助理焦朵朵知道赵金农家里还有些字画收藏，又知道他在外资IT企业工作，这次是真心想买金农的书法作品，便沟通得比较主动。赵金农还真的听了这位焦朵朵小姐的话，又拿了几件藏品包括一张吴湖帆送拍。春拍上，这几件作品全部成交，卖了120万出头。那件吴湖帆尺幅不大，但名头大，其他几件则是小东西，加在一起，120万的卖价已经很不错了。原本赵金农想拿这个钱去换那件金农的书法对联，没开始几轮，就早早地败下阵来。按照焦朵朵事后跟他说的意思，竞争到最后的那两个买家，一个是北京的资本圈大佬，另一个是一支私募艺术品基金，即便是跟着参与，也没有胜算。最后，北京的大佬胜出，300多万的落槌价，加上佣金，接近400万了。大佬还说不贵，说自己的心理价位是500万，赵金农听得一愣一愣的。

虽然金农的书法对联最后连边也没摸到，但几张小作品又换得120万的现金，赵金农还是满意的。一来二去，加上沟通后续拍卖款结算等事宜，赵金农同焦朵朵的来往多了起来，时不时地还约着一起喝杯咖啡。赵金农还跟着焦朵朵去参加了几个当代艺术家的画展，认识了一批画廊老板。据说在焦朵朵的指导下，赵金农还买了好几张青年艺术家的油画，也慢慢关心起当代艺术了。

"反正这个小姑娘太有手腕了，赵金农被她花得七荤八素的。"赵唯仁叹气道。

"没想到表哥一下子开窍了嘛，人到中年翻出新花样了。"张冬心听完这些琐事，只觉得好笑，便随口调侃道。

一旁的赵卫红推了张冬心一把，说道："冬心，你别乱说一气，金农人很老实的，不会瞎来的。"

赵唯仁又说:"如果玩玩也就算了,但你表哥最近发神经了,说要和你表嫂离婚,再和这个焦朵朵结婚。这都算什么事嘛。"

张冬心点点头,说:"这个好像听着有些不靠谱。"

"阿妹,你看,冬心到底社会阅历丰富,这个事情一搭脉,思路就清楚了。不像赵金农,现在脑子就是一团糨糊,真是气死我了。"赵唯仁越说越气,端起酒盅,喝了一大口黄酒。

"那舅舅你现在到底需要我做什么呢?是去把他们两个人拆散,还是怎样?"张冬心说道。

"我心想,端木小姐总归是焦朵朵的领导呀,领导摆句话,组织上同她谈一谈,兴许会有用。这件事情,我一个老头子去,人家怎么会理睬我呢?就算到了人家单位门口,保安都不会让我进门的。冬心,你跟端木小姐是认识的,这件事情舅舅只好拜托你了。"

张冬心应承着:"舅舅,我有数了,但是我贸贸然去找人家端木小姐,也蛮刮三的。我先跟表哥约着见个面，问问到底怎么回事情吧。"

赵唯仁连忙说道："冬心，这件事情，就拜托你多费心了。一定要让你表哥悬崖勒马，不能一步错，步步错。但你千万别跟他说我找过你噢。"

张冬心点点头，算是做了回应。

赵唯仁又转头对赵卫红说道："本来金农在外企里工作每年100万年薪，稳稳当当的高工资，已经烧高香了。现在倒好，几张字画，几张破纸头，随随便便就能变成那么多钱，人的心思就活了，就忘本了。说来说去，还是老头子留下来的这些东西惹的祸，他消受不起啊。"

这一顿饭，除了赵唯仁的唉声叹气，外加赵卫红的几句安慰话之外，餐桌上也就没有其他的生气了。

张冬心不想再理会这些，起身盛了一碗罗宋汤。母亲赵卫红烧的这锅罗宋汤，汤里的红肠和卷心菜已经"勾搭"成了"绝配"，那些切成了细条的红肠，正是张冬心熟悉的"杜六房大红肠"的味道。张冬心连喝了好几口罗宋汤，酸甜适中，就像艰难的生活里终于出现了美好的快乐。

舅舅的嘱咐，张冬心自然是要照办的。张冬心约了表哥赵金农在湖边茶室见面，赵金农如约而至。茶室是自助式消费，198元一位，客人可以任选一款茶，其他茶食点心免费自取。赵金农选了一款云南滇红，张冬心则选了一款武夷大红袍，两人临窗而坐，乍一看以为是两位商务客。

"你是不是觉得我挺冲动，挺幼稚的？"赵金农开口，也没啥好遮掩的。

"我不觉得你幼稚，我只是觉得你投入的成本有点大了，性价比不高。"张冬心答道。

"这种事情，好像不能完全按照投入产出来判定吧？人是感情动物，有时候难免会冲动。"

"我没说冲动不好，我自己有时候也很冲动的。反正我觉得，成年人的情感问题，就该用成年人的办法解决。"张冬心说，"对了，对方女孩真的愿意和你结婚？"

"还没有，我准备把离婚手续办好后，再跟她求婚，这样才能显出我是有诚意的。我不想以后让人觉得是她破坏了我的婚姻，这个事情，肯定应该是我姿态更高些。冬心，不瞒你说，我已经考虑周全了。"

赵金农口口声声的"考虑周全"，在张冬心听来，基本上就是书呆子的逻辑，听着很对，实际上完全不对。就好比乍看起来，一环接着一环都是对的，提溜起来一看，才发现挂在墙上的第一个环，其实是个纸环，不牢靠的纸环后面连着一连串的金环银环铁环，这不是瞎胡闹嘛。尽管没见过焦朵朵本人，但通过赵金农的描述，张冬心判断，这事多半是赵金农一厢情愿，想多了。

"冬心，你不知道我这几年活得有多压抑，我们这种人在外企是有天花板的，到了这个层级，就不可能再往上了。钱么，也有一点，大富大贵谈不上，但肯定是过得蛮体面的。但是，我过得不开心啊，在家里过得尤其不安心。一回到家，一根针掉到地板上，声音都听得清清楚楚，太安静了，安静得让人觉得恐怖。但自从我认识朵朵以后，我感觉我'恋爱'了，你知不知道那种感觉？就是你突然意识到，过去的日子太乏味了。人不可以那么活的，人应该像我现在这样活。冬心，我什么都不想要了，我就想和朵朵一起谈一场轰轰烈烈的恋爱。"

赵金农在张冬心面前越说越兴奋，就差手舞足蹈了，张冬心的脑袋里只飘过四个字——"脑子有病"，绝无其他可以形容。此情此景，又一下子把他拉到十年前的一个场景，那会儿张冬心刚开公司没多久，跟着几位老大哥到外省去出差，说是出差，其实更像是旅游。当地一位地级市的市长与这几位老大哥是老相识，当天晚上到了之后便安排接风洗尘。众人一顿大酒之后，市长大哥突然当着众人的面，对张冬心说道："小张，当着大家伙儿的面，我想请你办一件事，你看能不能帮哥哥这个忙？"

张冬心顿时就愣了，初次见面，又是大酒之后，市长大哥这个架势，这是要干吗啊？

"大哥，您先得告诉我是什么事情，我才能回答您行还是不行。您如果是要我到天上去摘月亮、摘星星，这事我想办也办不了啊。"张冬心说道。

"不行，我不能先告诉你，你得先回答我行还是不行，我才能告诉你是什么事情。"

酒话说到此处，套路也就起作用了。

"行，大哥，我答应您，您说吧！就算是到天上去摘月亮、摘星星，我也一定去努力。"

"唉，小张这个兄弟果然不错，我没看走眼。"市长大哥继续酒话连篇，"弟弟啊，你是我们这一堆人里最年轻的，哥哥就想请你办一件事。就是……就是，我想请你给我介绍一个年轻姑娘，就是，我什么都不想要了，我就想好好地谈一场轰轰烈烈的恋爱。你看这事能不能办啊？"

眼见着这位五十岁的市长大哥如此诚恳，又是在气氛这么热烈的饭桌上，张冬心怎么可能傻呵呵地大煞风景呢，便拍着胸脯说道："大哥，绝对没问题，这事情我回去之后马上就办。"

第二天酒醒之后，张冬心问同行的几位老大哥，昨天晚上市长大哥这么慷慨激昂，这事到底是办还是不办？

同行的几位老大哥异口同声地说道，你信他个鬼，他从三十岁开始就一直说到现在，说过就算做过了。

想起当年那位把"假话"说得像"真话"一样的"市长大哥",再看眼前这位大概率要把"假话"当成"真事"来落实的"亲表哥","我什么都不想要了,我就想谈一场轰轰烈烈的恋爱",几乎相同的一句话,如今,当这句话从赵金农嘴巴里这么"完完整整"吐出来的时候,张冬心内心感到无比的荒诞。虽然张冬心从来不想用"小布尔乔亚"这样的古早词语来形容赵金农,但不知道什么原因,脑海里不停地冒出来的,就是这几个词语。

"你不就是一个年薪百万的外企高管嘛,你经历过什么大风大浪了,你有什么资格说要谈一场轰轰烈烈的恋爱,你恋爱个屁!"张冬心的心里酝酿着这些话。

此刻,张冬心的内心已经翻江倒海,仿佛开公司十年以来,在生意场上的各种辛酸苦辣,全部都要倾泻到表哥赵金农这场"轰轰烈烈的恋爱"闹剧上。他想大骂一通,一个从小父母疼爱要啥有啥的乖乖男,一个爷爷留下几卷字画就能换成百万金钱的幸运儿,一个年薪百万家庭幸福的成功人士,你到底是经历了什么样的大风大浪，才敢有底气说什么也不想要了，就想谈一场轰轰烈烈的恋爱，真是见了大头鬼了。

但最后一刻，张冬心也只是在自己的心里，翻滚着这一阵又一阵的愤怒与咆哮。在现实场景中，张冬心把"火气"统统摁了下去。

"表哥，我一会儿听你仔细讲讲，我先去拿点水果。"

张冬心一边对赵金农说，一边起身往茶室水果吧台走去。

8
千金莫惜买青春

外公赵云中留给张冬心的东西里，有不少古籍线装书，其中有一套明版书，万历绣水周氏刻本《袁中郎先生十集》，是明代大文学家、公安派代表人物袁宏道的集子，也是外公生前最喜欢的一套书。这套书总共八册，按照现时明版书差不多平均一册一万元的价格计算，八册至少八万块钱吧。这套书的正文首页边栏处，有两方图章，一方刻的是"江海图书馆藏"，朱文；另一方刻的是"江海图书馆归还图书章"，也是朱文。首页最下方的右下角，则有一枚白文"云中藏书"的方章,正是外公赵云中的图书收藏章。可见此书在非常时期进过公藏机构,后又退还原主人,也算完璧归赵的好结局。这套书因为贵重,且有家族故事蕴含其中,张冬心平时很少翻动,通常都是放在书橱里静静地供着。

但与之相比,外公留下的一套民国时期有正书局的石印本汪启淑《飞鸿堂印谱》,却是张冬心经常拿出来翻阅的励志读物。这位汪启淑在金石界很有名气,是清代著名的藏书家、金石学家,喜欢收藏印章,自称"印癖先生",一生编印了许多的印谱集册。其中,乾隆四十一年(1776),汪启淑辑成刊刻了一套《飞鸿堂印谱》,总共五集四十卷二十册,收录印数近四千方,蔚为壮观。外公赵云中虽然没有清刻本的《飞鸿堂印谱》,但这套民国石印本装在一个精致的木箱里,用时打开木箱取书,闲时可做家里的摆设。木箱里面有五个隔断,每个隔断放四册书,二十册书规整收置。原本张冬心并没有把这套石印本印谱太当回事,古籍拍卖行里,这玩意终究是石印本,不是刊刻本,论价格,也就是12000块上下的东西。但里面的印谱内容，妥妥地把张冬心吸引住了。

有时候晚上在外面应酬结束回到家，倘不是酩酊大醉而只是微醺的状态，张冬心就喜欢在书房台灯下，泡上一杯绿茶，或安吉白茶，或六安瓜片，认真翻书。翻到印谱里"和气用事春风满意""要以清心省事为本""人用财试金用火试"这样的印面内容，便觉得和生意场上的道理是相通的。或者有时候周六周日在家，张冬心晨起洗漱完毕，照例还是喜欢泡上一杯绿茶，坐在阳台上，翻到"烹茶淡世情""潇洒在风尘""优游林泉而自娱""朝餐松屑夜诵仙经"，便觉得此刻与今后都应该努力往这个生活状态看齐。至于遇到烦心事了，"人情反覆似车轮""贱不可恶可恶是贱而无能"这样的印面内容，往往也可以成为一个小小的情感宣泄口，然后再翻到"法船渡彼岸""结取后身缘""利名都是一鸿毛"，则是对提高自身修养的鞭策。最后，读书明理并且充分净化心灵一番后，突然看到一句"虽有读书万卷不及囊中一钱"，仿佛醍醐灌顶，原来这才是最透彻的人生领悟。每每及此，张冬心便愈加感恩外公赵云中给他留下的这些宝贵"财富"，也心想着不能让外公的在天之灵再有什么担心和牵挂。

张冬心自打和赵金农聊过之后，便决心不再掺和表哥的情感私事。一来觉得男女情感之事，本身就玄妙，他这个表弟硬掺和进去做调解，万一棒打鸳鸯不成，人家以后真的成了"小表嫂"，抬头不见低头见，难免尴尬；二来觉得表哥赵金农这场闹剧着实幼稚得厉害，张冬心实在不想花精力处理这种烂事，即便母亲和舅舅那边的情面有些挂不住，他也不愿意。

但张冬心还是和拍卖公司的端木小姐见了一面，只不过，不是他约的对方，而是对方主动约了张冬心，说要好好吐槽一下"你那个奇葩的表哥"。张冬心心想，看来真是一场闹剧。

"张总，你倒是评评理，你那个表哥赵金农是不是脑子搭错了？我们焦朵朵是有男朋友的，是要准备结婚的，你表哥这到底是演的哪一出啊？"端木小姐也不等张冬心开口打招呼，甫一见面，饮料茶水还没顾上点，就劈头盖脸一顿吐槽。

"端木总，我这边听到的可是另一个版本，说是小姑娘主动勾引我表哥，觉得他外企高管薪水高，家里还有字画收藏，美国还有房子，要我表哥尽快离婚后同她结婚。"张冬心说道。

"放屁！谁在乎那些钱啊！"一向端庄大方的端木，也顾不得拍卖公司领导的身份，反正跟张冬心也是熟人，张口就骂起来。

张冬心试探道："或许小姑娘有些事情没跟你讲明白，说了一半，藏了一半，也是有可能的。"

"不可能，焦朵朵是我招进来的，又是我的助理，小姑娘几斤几两，我是知道的。"端木答道。

张冬心又说："或许她看着赵金农是个老实的IT男，中年男人的魅力，也不一定。"

端木直接怼过来："拜托，如果换成你张总，我们小姑娘动心了，我能理解。你那个表哥我又不是没见过，断然没有这个可能。"

"端木总，什么叫换成我你能理解，你这是在吃我豆腐了。"

"我就吃你豆腐了,怎么着?"端木端起眼前的鲜榨橙汁,嘬着吸管,轻吸了一小口,眼神里流露出挑逗的意思。

趁着这停顿的间隙,张冬心注意到端木今天穿了一身休闲运动装配瑜伽裤,外加一双名牌运动鞋搭配,显得年轻柔美。张冬心的眼神,便多停留了一会儿。

"今天来见我,看来心情蛮轻松的嘛,也没穿职业套装。怎么现在做了领导,反而穿着改风格了?"

张冬心嘴巴"不老实"起来,其实,也想拿这番话缓解一下尴尬气氛,让端木消消火气。

端木原本拿起橙汁想再喝一口,听到张冬心这话,立马把橙汁放了回去。

"你少来,我今天又不是来和你谈生意,就不允许我穿得休闲一些啊?"端木舒缓了一下身子,把身体往靠垫上斜靠下去,顺势跷起二郎腿,正对着张冬心。

张冬心微微一笑，什么也没说，就等着端木开口说下文。

"其实吧，你表哥的心思，我也能理解。但这回，我不管他平时是什么样的人，这些我都不关心，我就一个要求，请他离焦朵朵远一点，也不要再发那种莫名其妙的信息给小姑娘了。如果继续再这么纠缠下去，我就告他蓄意骚扰了。"

"端木总，事情没到这个程度吧，不至于，不至于。"张冬心了解端木的性格，听出话里有最后通牒的意思，便想打个圆场。

"张总，我们做艺术品拍卖的，离钱近，打交道的买家、藏家也大多是有钱人。在日常工作中，客户当然是第一位的，但应该掌握什么分寸，我是天天讲、日日讲的。所以，在这件事情上，我不认为我们小姑娘是蓄意的，有预谋的。"端木说道，"再说了，你表哥也不要真的以为人家图他什么钱，我们拍卖公司是江海市最大的拍卖公司，说难听点，能进我们拍卖公司的，哪个不是有背景、有实力的？你想想看，但凡能把自己的宝贝女儿送到英国读书，学的还是艺术史、艺术品经营，家里会缺钱吗？"

"我明白你的意思，这件事情上，我也和赵金农聊过。不瞒你说，我本来想主动找你问一下情况的，毕竟他是我表哥。但自从我跟赵金农聊过之后，我就不想掺和这个事了。我直觉判断，这事可能是赵金农单相思了，但又不敢肯定。"

"张总，你不用这么绕来绕去的。"端木打断张冬心的辩解，眼睛直视对方，"总之，不管你用什么办法，请你表哥不要再联系焦朵朵了，离得越远越好。在这件事情上，我的态度是很明确的，我不仅要对焦朵朵负责，我还要对焦朵朵的父母有交代，决不能因为这种莫名其妙的事情，毁了小姑娘的前途。"

张冬心意识到了事态的严重性，端木更是把身体凑过来，对张冬心说了好一会儿"悄悄话"。

"总之，我最后跟你交个底，你心里清楚就是了，切记。"端木说道。

"明白，我知道事情轻重。"张冬心说道。

晚上在家，张冬心一边翻看着外公留下的那套汪启淑的《飞鸿堂印谱》石印本，一边琢磨着白天端木的那番话，尤其是最后临分手时端木在张冬心耳旁轻声细语的那几句。这一幕，闪回一次，又闪回第二次、第三次，每一次闪回，张冬心就在盘算该怎么快刀斩乱麻，尤其是要让赵金农知晓实际情况并不是他想象的那样，但又不能刺激到他那可笑的自尊心。

此时，一方印章跃入张冬心眼帘，"一品也须防白发千金莫惜买青春"。

是啊，人到中年，那些个渐生白发的中年男人，倘若年少轻狂过，享受过青春的滋味，此刻大概心里也会害怕自己老去，害怕自己变得无用。而那些年少时安分守己、一板一眼过来的"中年男人"，此刻会不会就像表哥赵金农这般，好不容易逮到了机会，便要不惜一切代价，甚至自己凭空幻想出这么一场"千金莫惜买青春"呢？一联想到此处，张冬心头又大了，这事还真的不好办。而自己，其实也还困惑着呢。

9
干瞪眼

李可白那边还是没有消息,好比两个人玩"干瞪眼"的游戏,谁第一个眨眼睛就算谁输。张冬心感觉,自己快屏不住了。

好在两家公司之间有业务合作,张冬心让公司手下联络了好几次,"问一下亚美公关的李总监最近在公司吗?约李总监聊聊后续的业务。"回复不是李总监休假去了,就是李总监去外地出差了,等回到江海后就约时间见面。张冬心晓得,这是暂时不想见面的节奏,这个游戏里,做主的永远是那位

"女主人"。

拍卖公司端木小姐那边,也没有进一步跟赵金农有关的消息。但没有消息就是最好的消息,看来张冬心想出来的那个激将法起了作用。

端木的那番话,张冬心一直在琢磨。临别时,端木把焦朵朵的背景和盘托出,并叮嘱张冬心不要透露。既然"不要透露",那又何必说呢,既然说了,也就已经"透露"了,或许就是存心要"透露"一下的用意吧。正话反说,反话正说,横竖就是要把这件麻烦事处理掉,不能再生是非。

秉持着这个原则,张冬心剑走偏锋,使了个夸张的激将法,竟怂恿表哥赵金农离婚要干脆,现有的房产储蓄股票基金,包括留下来的字画收藏,要和表嫂尽快分割好。别说给一半,为了真爱,哪怕全部留给表嫂和孩子,自己净身出户,也不为过。

"表哥,你先把你美国尔湾的别墅放一边,光国内的资产,如果对半分,你是要房子还是要钱?"张冬心说道,"还有那些字画,现在行情稍微有些掉,如果在高峰期,保守算1000万。加在一起,你国内这些资产少说4000万,加上你美国的房子,半亿身家啊!怎么个切割法,你得想清楚了。"

赵金农听后若有所思,低着头,不出声。

随后,张冬心把端木跟他交底的那个"底",再加上一些自己的理解和发挥,分析给赵金农听。当张冬心说完焦朵朵的爸爸是谁,焦朵朵的妈妈是谁,焦朵朵从小的成长环境如何后,张冬心再看赵金农的表情,就已经心里有底了。

"小姑娘难道没跟你提过他爸爸是谁吗?没说过家里的情况?"张冬心问赵金农。

赵金农吞吞吐吐说道:"朵朵只跟我讲过他爸爸是开公司的,但我真的不知道他爸爸的公司规模这么大啊!"

张冬心继续跟赵金农分析,说道:"就算是小姑娘真心要跟你谈恋爱,要跟你结婚,先不说他父母能否同意,你想过以后住哪里吗?想过房子买哪里吗?"

赵金农继续低着头不说话。

"江海市中心现在随随便便一套房子,三房两厅的,没有 1500 万拿得下来吗?人家小姑娘确实不错,上班开一辆小 MINI,跟她家里条件相比,这已经够低调了。但你想想看,人家家里一套别墅就 6000 万,她可是住惯大房子的千金小姐啊。"张冬心说道。

"你离完婚之后,手头还能有多少财产,有多少现金,你算过吗?如果你是净身出户,我恐怕你连首付都付不起,就算你年薪 100 万,你能保证既有的生活水平吗?你能保证人家小姑娘甘心和你过这样的日子吗?"张冬心又说道。

"还有最要紧的一条,人家小姑娘现在是单位里的业务骨干,年纪轻轻,前途一片光明。万一被人写举报信,说她第三者插足破坏别人家庭,你觉得会不会毁了人家小姑娘的前程?况且,以表嫂的暴脾气,你能保证这种事情不会发生吗?"张冬心最后说道。

赵金农完全蒙住了,彻底没了声响。

如此条分缕析地算好了这几笔财务账、数字账和人情账,任何一个讲究所谓数理逻辑的男人,大概率也不敢轻易放飞自己的恋爱梦想了。更何况，这还是一个经济实力并非雄厚无比，再过几年就要跨入五十岁门槛的中年男人。这道题究竟应该怎么做，已经显而易见了。至于这最后一条"举报信"的"威胁"，纯粹是张冬心最后一刻，灵机一动，胡说八道现编的。但也算最后一击，把本身就脆弱的单相思男人的"爱情梦"彻底打碎了。

看到自己在赵金农面前说得头头是道，张冬心暗暗佩服自己处理他人情感问题的手段高超，但回过头来看自己，却照样为了李可白的事情而烦心。解决得了表哥赵金农的麻烦事，却始终医不好自己的"心病"，这是张冬心自己的宿命。

有一天晚上，张冬心半夜里被噩梦惊醒。噩梦的档次不高，还有点无厘头。在梦里，张冬心和李可白正在餐厅吃饭，可千不巧万不巧的，被赵金农和他老婆撞了个正着。表嫂问赵金农，冬心边上那个女的是谁啊？赵金农说，那是张冬心过去的女朋友，差一点做你表弟媳。然后，赵金农就发疯似的冲过来，当着李可白的面痛骂张冬心："你脑子发昏了吧，跟有夫之妇搞不拎清。人家是正儿八经的夫妻，还有孩子。老话说得好，不是一家人，不进一家门，你张冬心算哪根葱，横插也不是，竖插也不是，你斜插在半道，算什么名堂？你赶紧醒醒吧，你赶紧醒醒吧。"

就这样莫名其妙地，张冬心在半夜里醒了。如此低档而市井的怪梦，却让张冬心在半夜里，看着窗外的夜色苦笑不已。这段时间，失去了李可白的"守护"与"压制"，张冬心身体里的小恶魔好像又在蠢蠢欲动。他尽量压制着，至少在江海市的地界上，他不想再有任何不必要的瓜葛与是非。不是说不想，也不是说没办法，实在是觉得没必要。更何况年龄增长以后，胆子竟然会渐渐变小，这也是他最近才发现的。

就这么晃晃悠悠、晃晃悠悠地，又一个春节到了。

这年的春节，表哥赵金农一家要到美国旅游，赵唯仁夫妇也跟着一同前往，老少三代，一家五口。仿佛轮船航行，好不容易过了浅滩与险湾，现在已经行驶到了风平浪静的开阔水面，便没人愿意提及刚过去的那段危险航程。总之，现在就是一片祥和与恬适。

因为舅舅一家出行远游，惯例的赵唯仁、赵卫红兄妹两家人的家宴，这次便没有安排。赵卫红跟张冬心说，春节里的江海太冷清，她想去暖和一点的地方待几天，但又不想去三亚。张冬心便陪着母亲去了广西的北海，母子两人安安静静地过了四天三晚的假期。赵卫红每天都要和小姐妹通电话、微信视频聊天，张冬心要么阳台上看看书，要么就是手机上打打游戏，消磨一下时间。中饭都安排在外面，专找当地特色的饭馆，晚餐想去外面吃就到外面吃，累了不想出去了，就在宾馆里打发。

大年三十晚上，张冬心认认真真地发了一圈拜年信息，再往各种微信群里撒了一圈红包，这过年的新习俗，俨然要和贴春联、放爆竹并驾齐驱了。话说这拜年的祝福信息，也很有讲究，有的可以群发，有的则要在群发的信息前面按上每个人单独的称谓，以示区别对待。

这是一年365天里，张冬心难得的可以正大光明地给李可白发信息的日子。张冬心犹豫了好久，他特别珍惜这次"正大光明"的接触机会，想把祝福信息写得特别一些。但最后，张冬心还是把那条群发的拜年信息，原封不动地复制到对话框里，发了过去。那头的李可白收到张冬心发来的信息后，竟然秒回，看到那个熟悉的微信头像，张冬心心里一颤。打开对话框，对方也像外交礼节一般，工工整整地回了一条，一眼望去，也是一样的群发信息，原封不动地复制而来。

阳台外面，景色正美。

放下手机，张冬心拿起桌上的烟盒，打开一看，只剩最后一根了。打火机点上火，且让这最后一根香烟，站好这最后一班岗。

10
506万的"老充头"

时间过得真快,一转眼已是五月往六月转场的时节。而且,今年的上半年,好像过得比去年的上半年更快一些。

这天中午十二点,张冬心正在办公室处理事情,桌上放着一杯咖啡、一个便利店三明治,正是今天的午饭。平时中午在公司,张冬心的午餐一向很简单。

"嘀、嘀、嘀",手机连着响了好几声,张冬心拿起一看,表哥赵金农发来一连串微信。赵金农最近外派到公司的美国洛杉矶总部,此刻是洛杉矶时间晚上九点，想必他正在尔湾的家里看电视。突然发来那么多微信，不晓得有什么事情。

张冬心打开手机，手指轻触几下。一瞬间，眼睛里金星四溅，也瞬时明白了赵金农这一连串信息所代表的态度和用意。

赵金农的微信里先是转了一篇新闻，北京运达拍卖公司春拍斩获佳绩，25个主题专场总成交额12.73亿元，平均成交率78%，总成交额较上季增长21%，其中1件拍品过亿元，15件成交价过千万，6个专场100%成交。随后，新闻里列了一个总成交价TOP20的榜单，打头的正是张大千、齐白石、李可染、傅抱石、赵无极的精品力作，再则就是吴冠中的设色纸本画、吴昌硕的四联屏、弘一法师的书法条屏，都是近些年拍场上的"硬通货"。再往下翻看，清宫石渠宝笈里著录的古代字画也榜上有名，外加乾隆宫廷御制的佛像、斗彩龙纹天球瓶，全是"可远观而不可亵玩"的奢侈品。随后，又列了几个专场的TOP10排名，其中在古代书画专场的TOP10榜单上，就在TOP7的位置，在一众高价成交数字的包围下，张冬心竟然看到了自己的那张金农水仙赫然在列，成交价标注着"RMB5,060,000"，没看错，506万人民币。而且，这张画现在还有了一个特大气的名字，叫作《金农墨笔水仙倚石图》，就像是自己家的孩子不小心走失了，若干年后突然更名改姓出现在亲生父母面前，这冲击可想而知。

在这篇新闻后面，赵金农发了好几条信息，还附了截屏的图片，追问道："冬心，这是咱们家那张画吗？""冬心，你是把画卖了吗？""冬心，方便时通个语音电话。"

张冬心目瞪口呆，这么熟悉的照片，每一个细节都近乎铭记在心的这张金农水仙，难道天底下还有第二张？再仔细看落款，手指拨弄着将图片放大，真的一模一样，绝无半点不同。张冬心完全不知道是怎么回事了。此时此刻，首先需要询问的就是李可白。

挡不住赵金农那头不断发来信息，见张冬心不回复，赵金农便直接语音电话打过来。张冬心此刻没心情理会，便摁掉了电话，回了一条"我现在开会中，空时联络"的信息过去。随后，把电话调成了静音状态。

张冬心把那篇新闻直接微信转给了李可白，并且把载有506万成交价格的那段内容单独截屏，用红线圈了出来，发了过去。

"这张画到底怎么回事？怎么送去北京拍卖了？"

张冬心跟着发了这条信息过去。他选择发文字而不是发语音，大概也是想把愤怒的心情压制一下，尽管在他看来，这两个问号已经足够说明他真的生气了。

五分钟以后，李可白直接语音电话拨了过来。看到这个语音电话提示，张冬心的内心很复杂，他深呼吸了好几次，才接起电话。没错，两人直接通话，能够彼此听到对方的声音，差不多已经隔了快一年了。

"喂，冬心，是我。"电话那头传来那个熟悉又陌生的女声。

李可白此刻正带着团队在云南丽江出差，一个品牌活动，听电话里的声音，应该是在户外现场。

张冬心把声音压小了好几格，说道："新闻你看了吧，你能跟我讲一讲到底怎么回事吗？"

"其实到底是怎么回事儿，我现在也有点蒙，新闻我看了，应该是那幅画。"李可白答道。

"什么叫应该是那幅画，我自己家里的画，我最清楚不过了，就是那幅画。"

"但这幅画按理不应该出现在拍卖会的，不应该的。"

"现在不谈什么应该不应该，我记得跟你讲得很清楚，你喜欢这幅画，你拿去就是了，我完全没意见。但是，我只有一个要求，就是要善待它，不能流到外面去，尤其不能出现在拍卖会这样的公开市场。"

"我知道的，我也是这么办的，但我真的不清楚事情怎么会变成这个样子。还有，你不是说这张金农画是假的吗，怎么假的还能卖500万啊？会不会这就是一张真的金农画啊？早知道画是真的，就算把我打死，我也不会给许达的。"

"什么？你把画给你老公了？"张冬心瞬间提高了嗓门，"你给我讲讲清楚，到底还有什么事，是我不知道的？"

"冬心，你听我说，画一直都是我保管着的。后来许达偶然看到了这幅画，他说他要拿去派用场，一开始我是不同意的，也是因为有一些特殊情况，我最后同意了。但是，我跟许达交代过，不允许拿出去卖，尤其不能拿到拍卖公司拍卖。这些，他都是答应我的。"

李可白在电话那头，不停地跟张冬心解释。

此刻，张冬心内心极度烦躁，先是画流了出去，再是506万的高价成交，难道外公对他隐瞒了什么？会不会故意把真的金农画说成是"老充头"呢？细想下来，好像不大可能。当年端木小姐请专家看过，也一致判定就是一件"老充头"，撑死了10万块钱。难道端木和专家们看走眼了？倘若真的是金农真迹，他张冬心就算对李可白满脑子的色心歹念，也不会弱智到把这张画随随便便地转出去，还莫名其妙地签了一份卖画合同。总之，整件事情从里到外，都充满了疑点。张冬心此时脑子里一团糨糊，当务之急，还是要尽快和李可白见一面，让她当面说清楚。

"你什么时候能回来？"张冬心问李可白。

"后天，后天上午就能回到江海。"

"行，电话里不多说了，你回江海后就跟我联系，我们当面说一说这个事情。"

"好的，我一回来就跟你联系。"李可白怯怯地说道，"冬心，你不要怪罪我，我真的不知道事情会变成这个样子。"

"这个回头再说吧，电话里一时半会儿也说不清楚，就先这样吧。"

说完，张冬心主动挂掉了电话。

此刻，赵金农从美国发来的微信留言又增加了好多条，张冬心扫了一眼，全是各种气话，也懒得去搭理。

整个下午，张冬心都闷闷不乐，把自己一个人关在办公室里，烟灰缸里堆满了烟头，全然不在状态。约莫下午三点的时候，拍卖公司端木小姐的电话打了过来,张冬心猜想,端木的电话八成也是跟这张金农画有关。

果不其然,端木此番电话,说的正是这件事。

"怎么样,张总,遇到麻烦事了吧?"端木拿起电话,端了一下架子,拿捏了张冬心一下,"你也别假装没事了,你那个奇葩表哥刚才从美国给我打电话,足足讲了一个小时。"

"他都跟你说了?"张冬心问道。

"岂止是说了,他从头到尾就是在怀疑当年我和你狼狈为奸,把一张真的金农画,硬说成是一张假画,让你张冬心白白赚了500万。还问我从你那里拿了多少好处?妈的,被我一顿臭骂。"端木说道。

"你也别骂他了,如果我现在跟他身份互换,我可能也会有这些疑问。"

"张总,说句正经的,这张画,真是你送去北京拍卖的?你这是做的什么局啊?"

"我做什么局啊?我现在自己还一头雾水呢。"

"画不是你送拍的?"

"不是我送的,这事压根就跟我没有半毛钱关系。"张冬心辩解着，"你说会不会是别人也有这么一件金农的画，然后就拍到这么高的价格了？"

"不会，我刚才又仔细看过了照片，也打了几个电话到北京，应该就是你们家那件。"

"那会不会有一种可能，就是当年你和你们拍卖公司的专家都看走眼了，这张画就是金农的真迹，有没有这种可能？"

"张总，你现在有这样的想法，我非常理解。我们做艺术品拍卖的，确实也不敢把话说满了。更何况，字画这种东西，仁者见仁智者见智，再大的专家也有看走眼的时候。但是，你们家那张画，百分百就是一件'老充头'，绝对不可能是对的。如果是对的，我'端木'两个字倒过来写！"

听着端木的一番"毒誓"，张冬心稍许打消了一点刚才的疑问，但对于"506万"的成交价，他还是百思不得其解。就这么一张假画，谁会发了神经花那么多钱去买？难道其他竞买人也没看出来这画不对，跟着一起发神经吗？张冬心内心深处，还是有许多疑问没解开。

端木接着说道:"当然,北京那边有些人是专门玩'老充头'的。事实上,'老充头'这种东西,是否真的完全没有价值,这个也得两说。中国古代书画,这里面水很深,特别有学问。但是,你这张'老充头'卖到这个价钱,恐怕还有其他的故事。张总,你真的没在里面参与?"

"哎哟,大小姐啊,我真的没有参与!天地良心,我现在是哑巴吃黄连——有苦说不出啊。"

"张总,我们两个人也是多年朋友了,你听我一句,以我的职业判断,我感觉这个里面还有其他事。就算你真的跟这个事情没关系,我也建议你最好还是去打听一下,这画是怎么流出去的,特别是谁送拍的。"端木最后说道。

挂了端木的电话,张冬心眉头一紧,疑窦又生。他当然不可能把自己和李可白买卖这幅画的事情说给端木听,这毕竟是他和李可白之间的隐私,万不可对第三方提及。但李可白那边的隐情,倘若照端木的分析和判断,恐怕就没那么简单了。张冬心心里,越想越觉得费解,甚至,开始有一点点担心了。

此时，母亲赵卫红的电话又赶着时间节点打了过来，张冬心立刻接起电话。

"冬心啊，舅舅现在在我这里，他已经坐了快两个小时了，说要等你下班见个面。要么，你一会儿下班了，来老房子一趟吧。"

"好的，妈，我一会儿下班后就过来。你让舅舅别着急，稍等片刻。"

挂掉母亲赵卫红的电话，张冬心倒在自己的老板椅里，浑身疲乏。

"这都是些什么烂事啊，要么不来，要来就全部赶在一起来啊？"张冬心感叹。

11

择日不如撞日

李可白一回到江海就给张冬心打了电话,择日不如撞日,两人约好了当天晚上一起吃晚饭。地方是李可白定的,万宝粤菜馆。画的事情自然要问清楚,但张冬心其实已经拿定了主意,决定在家人面前只字不提把画卖给李可白的事,也不准备把李可白牵连到自己和赵金农的家庭纠纷里去。

但这场家庭纠纷,目前看来,是避免不了了。那天张冬心赶到老房子,舅舅赵唯仁果然是被远在美国的赵金农"逼迫"着,来找张冬心讨要说法。

张冬心便说，这画他送给一个生意伙伴了，东西送给了别人，别人怎么处置就是别人的事情了。也不管舅舅和表哥对这个答复是否满意，反正就是这么个答复，其余的随便他们怎么想了，大不了从今以后就和赵金农不来往了。张冬心说话的时候，赵唯仁一直在咳嗽，咳个不停。赵卫红拿起赵唯仁的水杯，又加了点热水，说家里还有川贝咳嗽糖浆，要不要拿一瓶回去。赵唯仁说不用，家里有。众人也就没有其他更多的闲话可说了。

万宝粤菜馆坐落在江海西区一条安静的小马路上，最大的优点就是私密，当然人均价格也是不低的。李可白主动把吃饭的地方订在这里，大概是想好好跟张冬心解释一番。

约了晚上六点见面，张冬心准时到达。进到小包间里，除了李可白之外，张冬心发现包间里还有一位男士。

李可白略微有些尴尬，但很快整理了脸上的表情，站起身来。

"老公，这位就是张总！"李可白说道。

"张总，这是我先生许达！"李可白又说道。

两位男士的脸上都露出了一丝不经意的异样，像是非洲草原上两头素未谋面，但彼此知道对方存在的雄狮子。如今，两头雄狮子终于见面了。好在两人都是社交场上的达人，怪异的神情一闪而过，迅即替换成了彼此都熟悉的通用表情，微笑，握手，寒暄，入座，一整套动作行云流水。乍一看，就像是经由第三方牵线得以初次见面的两个"生意人"，非得先把前期必要的流程走一遍，接下来才方便洽谈正经事和要紧事似的。

目前看来，张冬心初始表情里的错愕成分更多一些。他压根就不知道许达会来，但强烈的自尊心又迫使他必须以最快的速度调整好状态，至少表面上要做出一副若无其事的样子。但不知为何，刚才握手寒暄与许达对视的那一刹那，张冬心感觉自己有一丝丝的心虚。

"张总，听我太太说，您和她过去是报社的同事。"许达以"明知故问"开场。

"是，我和李老师共事过几年。"张冬心目光转向李可白,"李老师,您应该早点跟我讲的,早知道今天许区长也来,我得带瓶茅台过来才对。"

"张总不用客气,我也是临时有个会取消了,正好听说你们要见面,我就一起过来了。"许达稍微停顿了一下,"出来得匆忙,只带了一瓶红酒,我们小酌一下,张总您看可好?"

张冬心说:"没问题,听许区长的,就喝红酒。"

一旁的李可白则说:"我一会儿要开车,就不喝酒了。"

酒和茶都已经倒好了。李可白端起茶杯,许达举起酒杯,夫妻两人一同敬了张冬心。三个人的杯子,两个红酒杯和一个茶杯,第一次聚到了一块儿。红酒杯与红酒杯相碰,玻璃材质,撞出了清脆的声音;茶杯因为是陶瓷的,材质不同,与玻璃杯相碰的时候,是轻轻的一记闷响。

"张总,我首先跟您赔个不是,这个事情的责任主要在我。我太太是关照过我的,东西拿出去一定要拿回来。但这个事情的来龙去脉,我觉得有必要跟您讲一下。"许达也不绕弯子,直接开门见山说起画的事情。

　　停顿了一下，许达接着说道："我有一位大学老师，是启功先生的弟子，他特别喜欢收藏，对古代字画很有研究。起初我只是拿这幅画请老师掌掌眼，但没想到老人家看到这幅画之后，如获至宝，正好赶上我这位恩师八十大寿，见老师这么喜欢，我就把这幅画送给他老人家了。我想着这幅画，老人家那么喜欢，也算物尽其用，毕竟，我和我太太也不是很懂艺术品。但这后面的事情，要不是您跟我太太说起这个拍卖的事，我们是真的一点也不知道，并非要隐瞒您什么。"

　　来之前，张冬心憋了一肚子的话想跟李可白倾诉。关于这幅画，关于这幅画在自己家庭内部引起的矛盾，包括表哥、舅舅和他母亲的不解，还有这一年来他是如何想她，等等，好多好多心里话，他都要跟李可白表白。可如今，许达却像一座突然出现的冰山矗立在自己眼前，听刚才那番话的口气，想必许达是把他张冬心当成那种卖东西卖便宜了想反悔或者想再讹点钱的"泼皮"了。这一切，都没按照原先的剧本来演,全然变成了一场"即兴演出",十分考验演员们的演技。尤其是张冬心这种,好比一个跑龙套的临时被叫来拍戏,到了拍摄现场才被告知这是一场"双男主"的重头戏,实在是勉为其难。

许达刚刚说完的那一大通话,在张冬心看来,仿佛一个重重的发球,飞驰而来。看着这个发球,张冬心一时不知道该怎么接住它,语塞了。过去外公跟他讲过,遇到急事要表态,却不晓得该怎么讲时,那就先看看边上有没有吃的喝的,先吃一点,或者先喝一点,稍微缓一下节奏,想必这也是外公闯荡社会的人生经验。于是,照着外公的讲法,张冬心看了一眼许达,再看了一眼李可白,他一句话也没说,自顾自地拿起面前的红酒杯,喝了一大口。由于喝得略微有些猛,红酒落肚后,张冬心不合时宜地打了一个嗝,身体往后一靠,还真的有了几分"泼皮"样,脑子里也瞬间组织好了几句应对的话。

"许区长,我今天来和你们见面,没有其他意思。我是个做生意的,我不管您是把画送给老师了,还是其他方式处置了,其实对我而言,都没什么区别。

我只是想跟你们讲清楚一件事，就是这张画出现在公开的拍卖现场，这件事情对我造成了很大的困扰。并不是说这个506万的价格有多大的困扰，而是这件事情本身，跟我们最早的约定是违背的。你私下里卖10万、100万，哪怕卖1个亿，都跟我没关系，那是各人的本事。我只有一条，不要送拍卖，这个是我不能接受的。但最后，我最不愿意看到的事情，还是发生了。"

张冬心说完了。

只说事实，不讲诉求，他把球反抽了回去，接下来就看许达的回复了，或许，李可白这个时候也应该出来说几句。但李可白始终坐在一旁不动声色，好像夫妻两个人来之前都已经商量好了一样。众人沉默了一小会儿，还是许达把话接了过去。

"张总，您的心情我非常理解。您刚才说那个506万的价格不是最大的困扰，而是对拍卖这件事情本身有意见，但您有所不知，这个506万的价格却对我造成了极大的困扰。如果我知道这张金农画能卖那么多钱，我肯定不会送给我老师的。我也是凡夫俗子，在这么大的一笔数字面前，这笔算数账，谁不会算啊？但是您让我现在怎么办？这幅画我已经送出去了，对方还是我的恩师，难道我现在去跟我老师讲，老师您卖画得了那么多钱，这506万能分我点吗？张总，这话我怎么说得出口啊？"

许达又一番话说完，一旁的李可白依旧没有任何表情，什么动作也没有。

"所以，许区长的意思，就是您和我之间，总归要有一个人忍辱负重，打碎牙往肚子里咽了？是不是这么个情形？"张冬心开玩笑道。

"应该这么说，我们两个人，各自有各自的难言之隐，各自有各自的委屈。正所谓覆水难收啊，难啊。不好意思，张总，我再敬您一杯。"

许达举起了酒杯，一边说着一边站起身，身体也稍微前倾了一些，显得谦卑有诚意。张冬心继续坐着的话，就显得没礼貌，也显得小气了，便也站了起来，但有意识地把腰板挺直了，举起酒杯同许达轻碰了一下。清脆的声音再次响起，只是比起刚才的声响，听着稍微轻了那么一丁点。又或者是因为两人都有些尴尬，轻了那么一丁点，反而更符合现在的气氛。

"张总，不瞒您说，我真的不知道那幅画那么珍贵。我太太一直跟我讲，这幅画是她从您这里100万买来的，所以在我的印象里，这幅画就是100万。当然，100万对我而言也不是一个小数字，但我为什么愿意把这张金农的画送给我老师呢？张总，您有所不知，我父亲过世得早，我这位老师对我就像对亲生儿子一样，处处关心我，所以，我是发自真心地想对我的恩师表达一份感恩之情。个中缘由，还请张总您多多体谅。"许达继续说道。

此刻，张冬心倒是忍不住仔细打量起眼前这位许副区长来。这个场景，电影电视剧里常有，但在现实生活中，没想到，竟然也发生了。

身边的这个女人，自己的前女友、差一点的未婚妻，现在成了别人的太太，事实上，人家现在才是受法律保护的合法夫妻，自己才是不合法、不受保护的那一方。但为什么在自己的潜意识里，总还觉得是对方"鸠占鹊巢"呢？又想起自己和李可白的那些纠葛，想起李可白在自家床上缠绵悱恻的那些细节，再看看现在两男一女三个人坐在一张饭桌上，张冬心的内心多少还是有些发怵和心虚的。但刚才许达的一番话，至少透露出一个信息，那就是关于这张金农画的价格，李可白跟他老公讲的应该就是100万，许达也认定就是100万。

张冬心脑子里突然激灵了一下，他意识到李可白可能并没有将两人之间关于买画款的私下约定告诉许达。尽管李可白并没有遵守他们之间关于"善待这幅画"的约定，但毕竟是自己心爱的女人，张冬心觉得，他应该信守承诺，决不可透露半点关于这幅金农画价格的"秘密"。

"张总，听我太太说，您家里是收藏世家，想必在艺术品鉴赏方面是很有造诣的。"许达"客气"地说道，谈话进行到此处，气氛需要缓和一下了。

"也没有，就是从小接触了一些，也谈不上什么造诣，半吊子的水平都没有。"张冬心"谦虚"地答道，他也知道，是时候缓和一下气氛了。

许达轻轻地点了点头，大概算是一种肢体动作上的回应。这个时候，服务员正好进门上了一道热菜，爆炒澳带雪花牛肉。许达拿起筷子，熟练地夹起一块牛肉放到李可白的碗里，一边夹菜的同时，一边轻声对李可白说："澳带，你要不要尝尝？"李可白略微地摇了一下头，示意不要。许达得了指令，便将自己的筷子不急不慢地收了回来。

这一幕，自然没有逃过张冬心的眼睛，某种程度上，张冬心觉得这是许达故意做给他看的。尽管此前马成功跟他说了好几回许达这个人如何如何，想必马成功也已经不止一次跟许达吃饭并且相熟，但任凭马成功介绍得再全面，都不及张冬心同许达直接"过招"来得更直接，也更真切。

张冬心从来就是一个心气很高的男人，这点倒是跟他父亲张文祥很相似，但他显然比他父亲更有底气和物质条件来支撑他内心的那股子"心气"。可面对眼前这个叫许达的男人，这个过去张冬心觉得对方"鸠占鹊巢"，但现在却是自己给人家头上点了彩的男人，张冬心始终是心虚的。他不得不承认，自己已经没有更多的心气和精力再在这幅金农画上和对方纠缠了。

更何况，碍于自己和李可白的那些牵扯，碍于那份至少字面上写得明明白白的合同，张冬心其实也没有资格和理由再多说什么了。今天的见面，与其说是一场自信心不足的"兴师问罪"，倒不如说是一场欲说还休的"情感纠缠"，唯一的变量只有一个，那就是这次见面多了一个不在见面计划里的许达。而面对这个"拥有一切正当理由"的男人，面对这头名正言顺、处处得势的雄狮子，张冬心再也没有其他想法了。他只想快点把眼前这场饭局结束掉，尽早结束，越快越好！

张冬心和许达，都很有默契地加快了喝酒的节奏，一瓶红酒，很快就见了底。这顿饭也差不多该结束了。

许达招呼服务员结账，张冬心说他来买，许达说这怎么可以，说好的是他来。不清楚刚才那一幕情景的人，兴许还以为是两个老兄弟聚会抢着买单呢。

许达刷完卡，买好单，起身说要去一下洗手间。万宝粤菜馆是开了二十年的老店，包间里都不带洗手间，倘若要"方便"，还得走到外面走廊拐角处的公用洗手间。许达径直起身开门，熟门熟路地往走廊拐角走去，一看就是这里的常客。

待到许达走出包间，餐桌旁只剩下张冬心和李可白两个人。

两人终于可以直接面对面地四目相视了，就像压抑了许久的一对"痴情"男女，有千言万语想对对方说，但真的碰到要说的那一刻，又都沉默了。

毕竟隔了快一年没见了，李可白把头发留长了一点，新换了一个发型，女人味更足了，而且还多了一层不可明说却依稀能甄别出来的"官太太"的气息。

"你这个老公，蛮厉害的。"张冬心率先打破了沉默，开口说道。

"是吗？难得你还会夸奖其他男人。"李可白回了一句。

"你眼光不错，他不是一个没用的男人。"张冬心又说道。

"你这话，挺没意思的。"李可白回了张冬心一句。

两个人之间,突然"冷场"了。

"画的事情,给你添麻烦了。我一时半会儿也解释不清楚,但肯定不是你想象的那样,请你相信我。"

这回是李可白打破了沉默。

"嗯,我不怪你。"

"今天这顿饭,他真的是临时决定来的,你也别怪我。"

"嗯,我知道,我不怪你。"

"还有,冬心,从今以后,我们不要再见面了。"

张冬心听到李可白这句话,心里"咯噔"了一下。再也不见了,这是什么意思?是要绝交了,还是一时的不得已?

正当他想和李可白再多说几句的时候,包间的房门"吱"的一声打开,许达走了进来,话也就只能就此打住了。

无论如何,这顿饭终于如张冬心所愿,结束了。

12
父亲的笔记本

偌大的一个江海市，如果两个人决定不再见面，如果一方不去主动联系另一方，那这两个人在这座城市里再次相逢的机会，便会变得微乎其微。茫茫人海中，人与人的分层，人群与人群的分层，远比预想的还要相距遥远。

张冬心这段时间回老房子的次数多了起来，过去他差不多一周回去一次，陪母亲吃顿饭或者就是去送点东西，现在则差不多一周回去两趟。起初，赵卫红觉得奇怪，问他最近怎么这么空闲，是不是公司没生意了？张冬心笑着告诉母亲，就算公司现时就关门，也不会影响她的养老生活。赵卫红答，自己养老有政府，有退休金，还不用张冬心操心，他只要自己管好自己就行了。

回去次数多了，张冬心看着这套老房子，勾起很多回忆。过去外公住的那个房间，现在改成了一间书房，说是书房，其实赵卫红并不怎么用，有用无用的东西往里面堆了不少。自己的那个小房间，赵卫红却时不时地开窗通风，张冬心说把这个房间撤了吧。赵卫红不肯，说万一哪天你想回家住，或者自己头疼脑热需要你照顾，总不见得连现成的床铺都没有。至于张冬心父母的那间卧室，布局基本没什么变化，就是里面的床和家具换了新的，换了好的。赵卫红过去睡眠不好，自从换了新的高档床垫，照赵卫红的说法，对睡觉很有帮助。小阳台原来是外公养花弄草的地方，后来父亲张文祥接了班，也喜欢在这里施展花艺，倒也给家里增添了不少绿意和情趣。现在外公和父亲都不在了，这小阳台便由赵卫红打理，一半花草，一半葱蒜，郁郁葱葱，和谐混搭。

张冬心小时候跟母亲说话多，母子情深，也是自然。张文祥在家并不多话，但对张冬心读书学习还是关心的。当然，在那个年代，父母关心孩子读书并不似今天这般，也就是叮嘱一下，并不手把手地直接教导。但在张冬心看来，这关心和叮嘱，已是最好的爱。

出了张冬心家弄堂口，往东500米的闹市马路上有一家新华书店，那是父子两人为数不多有共同爱好交集的地方。张冬心记得那家新华书店门面不大，但对于20世纪80年代初上小学的张冬心而言，那里的书籍已经算是"琳琅满目"了。张文祥喜欢带着张冬心一同逛书店，隔着柜台，张文祥一般会挑上三四本书，也会让张冬心自己挑个一两种青少年读物。在那家新华书店，张冬心买过一套六本的《世界五千年》，麦哲伦、达·芬奇、圣彼得大教堂、马丁·路德、阿拉伯帝国、查理大帝，懂了不少东西。张冬心那时候最喜欢看这套青少年百科全书，时不时还拿里面的事情在学校里宣讲，在校园里大出风头。打小张冬心就渴望被人认可，为了这个目标，他小学阶段差不多要把这套书翻烂了。对于儿子喜欢读书的爱好，张文祥从不阻挠，哪怕书看得杂一些也不反对，新华书店买书的钱，张文祥一直就没节省过。

父子之间，除了新华书店的交集之外，其他童年时的记忆并不多。只记得有一回，大概是1990年，父亲张文祥单位组织看电影，发了两张工人文化宫的电影票，时间是周六下午。赵卫红那天有事，便叫张文祥带儿子一起去。在去看电影的路上，父子两人照例去新华书店停留了大半个小时。那次，就张冬心一个人买了书，再赶到工人文化宫，离开场还有半个小时。只见工人文化宫的大厅里摆了好几排游艺机，正中间还放了一个抽奖游戏的摆设，一块钱玩一次。玩法也简单，就是抽射弹球，简易版的轮盘游戏。弹球射出去之后，落到哪个塑料格子里，就对应拿什么奖品。当然，十之有三都会落到空格里，那就什么奖品也没有。张冬心那会儿已经上初中预备班了，看着时兴玩意，心里想玩，但又怕父亲张文祥不同意。那天大厅里候场看电影的，都是张文祥单位里的同事，张文祥便拿了一张两元的纸币递给张冬心，说："你想玩就玩吧，但就玩两盘。"

张冬心惊讶地看着父亲，但手上还是接过了钱。第一个球弹了出去，落定，中了一块力士香皂。众人鼓掌叫好。第二个球，再落定，中了一包健牌KENT外烟。众人再次鼓掌叫好。香皂要带回家给赵卫红，香烟自然归了张文祥，边上一众人都在说："张文祥，你儿子运气真好！"张冬心一直记着工人文化宫大厅里的这一幕，而那天看的电影则是张艺谋、巩俐主演的《古今大战秦俑情》。在电影里，当看到男主人公蒙天放脱了女主人公冬儿的衣服时，张冬心闭上了眼睛。

一晃，许多年，就这么过去了。

张冬心今天突然很有兴致，便跟母亲赵卫红讲起这个玩游戏中奖的故事。赵卫红难得全程听完，没有中途打断。照以往，但凡张冬心说起过去家里的事情，赵卫红便会打断说，当时不是那个样子，其实是这么回事，如何如何。张冬心太知道母亲的心理状态了，不愿意说过去，更不愿意怀旧，如果一定要回忆，那也情愿回忆一些开心的事。

"我爸平时很少说笑，但我记得那天，人家夸他儿子运气好，他很开心的样子。"张冬心说道。

"其实，他最大的心愿，就是希望你运气好一点。"赵卫红说。

"是吗？他从来没跟我说过。"

"他这个人，就是喜欢凡事憋在肚子里。你爸也是到了后来才明白，运气好，对一个人有多重要。"

"多久才明白这道理的？"

"多久？反正是不停地碰壁，到了很久以后才明白的。"赵卫红说道。

"他这一辈子，挺在意别人怎么看他的，但在单位里、家族里，好像都没啥获得感。"张冬心说道。

"又不是啥大人物，要什么获得感，活受罪。那年你爷爷过世，就为了买一个骨灰盒，你爸在火葬场被几个叔伯数落，指着鼻子骂。这事过去了好久，还是不停地被他们说。有一年过春节大家族聚会，竟然还在说，我实在看不过去，就和他们大吵了一顿，再也不来往了。"

"这事我有印象。其实，我爸当时就买个中间价格的，就什么事也没有了，他非得买那个60块的。"

"一半原因，是因为你爸觉得厚养薄葬，不愿意在那上面多花钱，另一半原因，也真的是因为缺钱。"

"不过，好在你对他还是蛮好的，不离不弃。"张冬心随口说了一句。

"哼，我对他不离不弃，他有些事，倒是埋在心里一辈子，到死了也没告诉我。"赵卫红突然嗓门大了起来。

张冬心一愣，忙问："到底什么事情？怎么火气一下子变这么大？"

赵卫红说："你爸外面有女人。"

张冬心惊了一下，说道："他要权没权，要钱没钱，怎么可能？"

"怎么没可能？我是有证据的。"赵卫红越说越来气，起身跑到小书房，只听到拉抽屉的声音，翻找的声音，不一会儿拿了好几本笔记本过来，"你看看，这些笔记本里都藏着蛛丝马迹呢。"

张冬心不记得父亲张文祥有写日记的习惯，问道："这些我能看吗？"

"人都已经死了，还有什么不能看的。"赵卫红话里还有怒气，"你爸把这些笔记本藏得可好了，包了牛皮纸，外面还扎了绳，放在厨房工具箱最下面一格。要不是去年要装修厨房，我都想不到要去清理那个工具箱，结果一清理，就发现了这个。"

张冬心随手拿了一本翻看，与其说是日记，倒还不如说是往昔许多年的一些来往账本。这些笔记本尺寸大小不一，内页里，父亲张文祥一手娟秀的钢笔字，记录的却是一些琐碎又平常的事情。

"1970年4月25日，向王根富借款5元。"

这是父亲跟工厂里的同事借钱，王根富和他一个车间，也是他关系较近的工友。

"1970年4月30日，汇款大妹妹6元、小弟5元。"

父亲排行老大，下面还有一个妹妹、一个弟弟，大妹妹指的是张冬心的孃孃，当时在安徽插队，小弟指的是张冬心的叔叔，当时在黑龙江插队。

"1970年5月5日，领工资，38元，还王根富5元，给爸妈10元。"

看起来，父亲每个月都指望着发工资的这一天，好还钱贴补。这个本子都是当年工厂上班时的记录，最早的记到1968年，最晚的记到了1971年，而1970年的张文祥，正好21岁。

再后来，张文祥从车间抽调到厂办，1975年与赵卫红结婚，1977年张冬心出生。张冬心在另外一本笔记本上看到，结婚以后父亲还记录了不少对"大妹妹""小弟"以及"爸妈"的贴补。1980年以后的笔记本，纯粹记账的少了些，描述心绪和事件的记录多了起来，但都记得很含蓄。

"就是些来往记账，还有单位的一些事情，没什么特别的呀。"张冬心说道。

"没什么特别的？哼，我给你找特别的。"赵卫红扒拉了一下，抽出一本红封皮的笔记本，仔细翻找了一下，"你看，这里，'1987年9月24日，与王海莲谈工作'，就是从这里开始的。"

"王海莲，这个人是谁啊？"

"你爸的红颜知己，那年刚从外地调来的财务。"

"没问题啊，我爸那时候是财务科的科长，谈工作很正常啊。"

"就是因为这个女的，厂里风言风语，你爸就再也没进步过，后来好不容易把这个女的调离了财务科，转去了工会。"赵卫红继续说道，"刚来的时候，大家以为就是个老姑娘，脾气还挺怪，没想到人家有海外关系，1992年的时候直接去了香港。别人跟我说你爸和这个女人关系暧昧，我也是不相信的，而且当时也没有确凿的证据。你那时候还小，你都不知道这些事。"

"那我爸到底跟这个女的有关系吗？我看你们夫妻这么多年，没见过吵架闹离婚的事情啊。"张冬心说道。

"有没有发生那种关系，我确实没有证据。反正当年，你爸跟我保证过，绝对没有那种事情，我猜他也不敢。"

"那不就得了，人都已经不在了，还说这些干吗？"张冬心不以为然地说道。

"冬心，我把这些笔记本都翻过了，以我对你爸的了解，他肯定没跟那个女人做过那种事情。但是日记里记了不少相关的事，我敢断定，他对这个女人动心过，他们很谈得来。这个是我直到他死了以后，看到这些笔记本了，我才知道他张文祥心里，居然还想过其他女人。"

赵卫红说完这些话，竟哭了起来，这让张冬心顿时手足无措，安慰了母亲好久。天晓得，因为这些突然发现的笔记本，因为这些已经没有任何意义的猜测，现如今却要安慰自己的母亲不必纠结在意，张冬心感觉自己的大脑神经再一次地错位了。

为了不让母亲赵卫红继续生气，张冬心说要拿走这些笔记本。

赵卫红说："干脆现在就烧掉，统统烧干净。"

张冬心安慰道："现在不烧，明年清明节拿到墓地上一起烧掉，你顺便还可以骂他一顿。"

赵卫红一边哭一边笑，看着儿子心里向着她，也就不再多说什么。

当天晚上，张冬心回到自己家，打开那个牛皮纸包，在台灯下，静静地翻看这一页页记录。在日常的琐碎里，张冬心看到了父亲内心的那些敏感、那些克制情绪里流露出的无奈、那些工作事业上的变化所留下的印痕。张冬心觉得，如果自己能够在父亲活着的时候看到这些笔记本，他一定会和父亲好好地聊一聊，成年男人与成年男人的那种聊天。或者父亲在世时，如果愿意跟他讲一讲这些心境故事，或许，他们两人会建立起一种更为融洽的父子关系，而不是像现在这样，除了新华书店里的那些记忆，除了那次工人文化宫赢取奖品的记忆，好像真的没有留下其他太多深刻的印痕了。

至于让母亲赵卫红耿耿于怀的那个叫"王海莲"的女子，张冬心可以很负责任地讲，以他对父亲性格的了解，加之自己作为一个"中年男人"将心比心的共情之后，他觉得，应该远没有到"风风雨雨"的程度。

当然，如果时空可以穿越，如果身份可以互换，假使回到 1987 年到 1992 年那个时间节点，当如今的"张冬心"变成那时的"张文祥"，张冬心觉得，他大概率也会做出和父亲当年一样的选择：面对这位名叫"王海莲"的女子，把这五年里的情绪全部封存起来，并祝她幸福，然后转身低着头离开。

13
放下

赵唯仁的咳嗽时好时坏，最近一次止咳糖浆喝了三四瓶也没见好转，这才想起来去肺科医院看专家号。待到医院挂号看病，常规做CT，还没拿到正式报告，人就直接被扣住了。肺癌晚期，医院直接判了个"死缓"。

听说舅舅赵唯仁得了肺癌，张冬心说要去探望，赵卫红说不急，待她先去看看。回来后，赵卫红跟张冬心说，关于化疗到底是做还是不做，舅舅一家纠结了好久。赵唯仁心里想活，坚持要做，老婆和儿媳都说一把年纪了,别做了。赵金农人在美国,问他什么意见,赵金农说,听爸的,做吧。

化疗已经做了四次,赵唯仁的病情不见好转,人的意志力也大不如前。赵卫红问赵唯仁,有没有特别想吃的菜,她做好了带到医院来。赵唯仁说,你能不能帮我包点荠菜肉馄饨,我想吃。赵卫红立马去小菜场买了新鲜的荠菜,肉也挑了最好的夹心肉,40块钱一斤的那种。馄饨烧好送到医院,赵唯仁只吃了三个,就说吃不下了。赵唯仁对赵卫红说,我想见冬心,看看冬心哪天有空,不忙的时候。赵卫红说,晓得了,冬心出差一回来,我就让他过来。

医院已经发了病危通知书。赵卫红对张冬心说,估计熬不过月底,让张冬心周六跟她去一趟医院,兴许是最后一面。

张冬心问,要带点什么东西呢,还是直接包个信封?

赵卫红说,就包个信封吧。

张冬心说,那就包个1万块。

赵卫红说,太多了,5000块就够了。

周六下午，张冬心跟着赵卫红走进病房，母亲赵卫红在前，他拎了一个果篮在后。进了病房后，正好看到赵金农在喂赵唯仁喝水，一根吸管放在杯子里，赵唯仁现在就靠这根吸管喝水。

"金农回来了啊，什么时候到的啊？"赵卫红说道。

"昨天晚上到江海的，这段时间，辛苦孃孃了。"赵金农说道。

"自家人，不搭界的。"赵卫红轻声答道，随即拿起病床床头柜上的一条小方巾，帮哥哥赵唯仁擦了擦嘴角。

张冬心和赵金农眼神交会了一下，各自点了一下头，算是打过了招呼。自从上次金农画拍卖的事情闹得不开心之后，表兄弟两人就再没联系过，这次病房见面，张冬心看赵金农长途飞行眼袋有些深，人的精神状态倒还可以。

赵唯仁看到张冬心来了，便招呼张冬心凑近一点。刚才进医院的时候，赵卫红让张冬心把口罩戴好，说医院里有病菌，还说一会儿舅舅和你说话的时候，别靠得太近。此刻，赵唯仁想和张冬心说几句话，赵卫红便拉着张冬心走到病床的另一边，自己的位置正好处在哥哥赵唯仁和儿子张冬心中间。

"阿哥，冬心出差回来了，他来看看你。"赵卫红说道。

"嗯，谢谢冬心，公司里这么忙，还来看我。"赵唯仁的声音虽然轻微，但口齿还算清楚。

"舅舅，你就安心养病，表哥回来了，你也好放心了。"张冬心说道。

赵唯仁说："冬心，舅舅心里亏欠你，你不要怪舅舅。"

张冬心心里有准备，便说："舅舅你别多想，没有啥亏欠的，大家都蛮好的。"

"那张画，就随它去吧。舅舅希望你们两兄弟不要记仇，答应舅舅，好伐？"赵唯仁眼神真诚地看着张冬心，想必这番话他之前也已经跟赵金农反复说过多遍了。

"有数，舅舅，你放心，事情都过去了，都过去了。"张冬心说道，"你安心养病，其他的不要多想。"

"还有,有空带你妈出去兜兜,她欢喜旅游的。"赵唯仁说道。

赵卫红料想赵唯仁要说起那张金农画的事情,这是他的一个心结,也是她的一个心结,想必也是两家人共同的一个心结。除了那张金农画之外,赵卫红没想到哥哥赵唯仁心里还牵挂着嘱咐张冬心要陪她出去旅游,听到这话,鼻子一酸,赵卫红的眼泪掉了下来。

赵卫红哽咽着说道:"好了,好了,要旅游么,我们兄妹俩一起去,让两个小的出钱。"

赵唯仁说道:"阿妹,你不要安慰我了,我都晓得的,总归有这样一天的。"

见过了张冬心,并且当着赵金农的面说了刚才这番话后,赵唯仁摆摆手,便不再说话,示意要休息一会儿。赵卫红便让赵金农和张冬心出去走一圈,让赵唯仁稍微休息一下,她留在病房里照看。

正巧,赵金农也想出去走一走,呼吸一下新鲜空气。表兄弟两人便一起走出了病房,暂且让赵唯仁赵卫红兄妹俩多待一会儿。

病房的走廊很长，不时地有家属、护士、护工在走廊里走动，一股明显的消毒水味，不断提示着这里的特殊环境。赵金农示意，到楼下聊会儿，张冬心说好的，便一同坐电梯下了楼。等电梯的时候，在电梯轿厢里的时候，两个人全程都沉默着，没有说话。

出了住院部大楼，外面阳光不错，正是江海最舒服的季节。赵金农去医院里的便利店买来两杯咖啡，递给张冬心一杯。拐角处，正好有一个吸烟点，赵金农不吸烟，张冬心自己点上一根，香烟伴咖啡。

赵金农说："我爸估计挺不过这关，医生已经关照家属提前做准备了。"

张冬心说："反正多保重吧，后面如果有需要我出力的，你就说。"

"谢谢了。"赵金农点了点头，表示感谢。

"接下来什么打算？你美国那边，还要回去吗？"

"还得回去的，这次是请假回来的。我最近在办绿卡，已经弄了一段时间了。"

"能办出来吗？"

"差不多吧，反正律师在弄，我这个职业身份相对方便些。等到办完了，我准备搬过去了。"

"舅妈也一起过去？"

"嗯，全家一起过去。"赵金农说道，"到时江海的房子，我把钥匙给你，你帮我照看一下。"

"行。还有其他要我办的事情吗？"

"暂时没有了，如果后面想到了，到时再跟你说吧。"

"真的没有了？"张冬心看了一眼赵金农。

赵金农笑了笑，说道："生死是大事，其他都是小事，真的没有了。"

赵唯仁没能过了月底的"大限"。办完了葬礼，赵金农就要回美国公司总部了。临回去之前，赵金农说看好了一块墓地，但需要加塞，问张冬心认识人吗？张冬心辗转托了朋友的朋友，又给中间人包了一个5000块的红包，赶在赵金农回程之前把事办了，并且预定了第二年清明节落葬。赵金农跟张冬心说，等到明年清明节落葬好后，就计划全家一起搬去美国了。张冬心说，到时我带我妈一起去看你的美国豪宅。赵金农说，欢迎你和孃孃随时过来玩，最好再带个弟媳过来。两人相视一笑，许多恼人事，终究都会消散，早点各自归位，已是很好的结果了。

第二年的清明节，落葬完毕，事情办得圆满。与此同时，赵金农的绿卡也办得很顺利。赵金农全家搬过去没多久，正好是八月里的夏天，张冬心特意抽出一段时间，陪着母亲赵卫红去了一趟美国。第一站先去的夏威夷，赵卫红好像对这个地方感觉一般，再从夏威夷去洛杉矶，顺便去赵金农尔湾的家里做客。赵卫红大呼小叫说这样的房子才是真正的别墅呀，上上下下走了好几遍，卧室、客厅、厨房、车库、地下室、院子看了个遍。事后回到宾馆，张冬心对母亲赵卫红说，看你这么喜欢表哥那套房子，要么我也买一套，你搬过来住，享享福。赵卫红便说张冬心到底不懂人情，这外面要讲人情，家里面也要讲人情的呀，既然到了人家这里，多说几句好话又不吃亏的。

张冬心又问,那你觉得美国到底好不好呢?

赵卫红说道,好是蛮好,就是太冷清了,那么大一个房子,如果就我一个老太婆住,吓也吓死了。

张冬心笑笑,感觉现世的生活,真的挺好的。

14
要紧事

马成功急急忙忙打来一个电话,要紧事。

这么多年兄弟相处,张冬心对马成功的性情了如指掌,但凡他发信息过来说的事,最多也就是一般要紧的事情,或者就是纯粹的闲聊。但如果是他火急火燎一个电话直接打过来,而且接通电话直接"噼里啪啦"一顿说的,那一定是要紧事。

"冬心,许达出事了,被纪委带走了。"

这马成功电话里的第一句话,就把张冬心惊到了。

"你哪里来的消息?"张冬心停下手头的工作,

急忙问道。

"区政府那边传出来的。"马成功答道。

"直接从办公室带走的？"

"那倒不是，反正这几天没来上班，具体我再问问。"

"这种消息得眼见为实，你打听清楚了再说。"

"你小子怎么好像比我还心急啊？"马成功说道。

"这种事可不能开玩笑的。"张冬心说道，"要么，我去问问李可白？"

也不知为何，当张冬心说出"李可白"这个名字时，他才意识到现在竟然是2021年，"李可白"已经好久好久没有出现在他生活中了。

"冬心，你现在千万别去联系李可白，不合适。这样，我再去打听一下，看看到底啥情况。"马成功说道。

马成功那头挂了电话，这头的张冬心着实担心起来。整个白天，张冬心虽然在公司忙事情，但其实心思都不在工作上。回想那一次和许达见面，虽然感觉自己在许达面前有些失分，心里略微有些不爽，但对这个人，本质上并没有什么太多的抵触情绪。至少表面上看起来，许达并不像是一个"贪官"，也不讨人厌。如果不是因为牵扯到李可白，两人有前后脚"情敌"的嫌疑，张冬心觉得，这个人还是可以交往的。当然，这些都是张冬心一个人的瞎想。

张冬心毕竟也是在体制内待过的，他自然晓得，这权力的"蛊"魔幻得很，一旦毒性发作，正常人大概没几个能逃得过。也正因为如此，这"官场"上的一些事情，有时候仅仅从表面上来看是很难判断的，不能轻易下结论。可自己为什么要关心许达呢？他张冬心已经离开体制好多年了，虽然有点小钱，但就社会身份而言，充其量就是一个在社会上讨生活的个体户，居然要去关心人家堂堂副区长的命运起伏，纯属闲得蛋疼。张冬心如是劝告自己，不要太起劲，毕竟是别人家的老公，跟咱没关系。

傍晚临近下班，马成功的电话又来了。

"冬心，你晚上要是没啥事，下班后，你到我办公室来一趟，来吃盒饭。"马成功说道。

张冬心说："电话里说不行吗？"

马成功说:"还是当面说吧,许达的事,挺蹊跷。"

马成功执意电话里不肯多说,张冬心只好听了他的,去马成功办公室听"八卦"。虽说告诫自己不要太关注,但两条腿很诚实,驱使着张冬心很快就来到了报社。

报社大楼原本是张冬心最熟悉的地方,但自打辞职离开后,就很少进这个门。而且自从马成功担任主编后,张冬心又退了分类广告的生意,便与报社完全没有了牵扯。在这点上,马成功心里明白着呢,这是张冬心不想让他为难,更不想背后被人指指点点。今天张冬心居然愿意破例来报社,就为了打听有关许达的"八卦",这情形连张冬心自己都有点看不起自己了,看来还是放不下。

马成功的"主编办公室",显得有些简陋。一个小小的双人沙发,一张小茶几,一股子简洁风,亲民得很。

"马主编,你这办公室好像过于低调了吧。"

马成功递给张冬心一杯袋泡茶,说道:"简单点好,坐在里面,心里反而踏实。"

张冬心接过一次性茶杯，和马成功面对面在小茶几旁坐定。

马成功说："你也别拿我开涮了，还是听我跟你说正经事吧。"

接着，马成功便将他从各个渠道打听到的情况，详细地给张冬心说了一遍。

张冬心这才听明白，大概率不是许达自己的事，而是受了别的事牵连。

马成功跟张冬心分析，像许达这个级别的副区长，如果真有什么事情，也是江海市一级的纪检监察部门指定市内其他区的检察院来办理，这回却是外省的办案人员来江海，所以八成是协查配合。但传出来的消息并不乐观，说见面之后，许达直接被带去了外地，最后还被"留置"了。

"人一旦出了事情，闲言碎语就多了起来。有人说许达跟不法商人勾结，还在外面包养情妇，可我看他不像是那种人啊。最离谱的说法，说许达和李可白这对夫妻，一个体制内，一个体制外，搭档得很好，而且两个人各玩各的，互不打扰，你说离谱不离谱？"马成功说道,"世态炎凉啊,真正的世态炎凉啊!现在到底什么情况也没人晓得,据说这个'留置',短的三个月,长的话可以半年,反正到时再看了。"

张冬心听罢,并不做太多当面的回应。但当听到外界说许达、李可白"各玩各的""政治夫妻"的传闻,张冬心觉得听着别扭,有一股怒火要冲上来,但又硬生生地压了下去。

张冬心问马成功:"老马,你不是和许达很熟吗?你感觉他会被谁牵连呢?"

"冬心,你可别瞎说,我跟许达就是工作上有些交集,纯粹工作关系,不熟的。再说了,人家级别比我高,又是上升势头那么好的后备梯队人员,我跟他还是保持距离的。"马成功神情颇为严肃地说道。

张冬心说:"看把你紧张的,你消息灵通,应该知道一些内幕的。"

马成功说:"内幕倒谈不上,但据说许达这回,多半是跟王国华的事情有关系,王国华是他的老领导。"

"就是那个本来传说要做江海副市长的王国华？"张冬心问道。

马成功说："对的，就是他。前段时间，王国华涉嫌严重违纪，刚被抓，就一个月前的事。"

马成功所说的这位"王国华"，张冬心也是知晓的，算是一位从基层走上来的本土派。在张冬心印象中，过去自己做记者的时候，采访过王国华，这位领导说话干脆利索，思路也很清晰。王国华最早做过街道主任，再后来一路升迁，直到做了河海区的区长，那会儿许达担任区府办的主任，算是最直接的上下级关系。

王国华这一路仕途，前前后后都在河海区任职，加之河海区在江海市的特殊地位，但凡要再上一个台阶，河海区是最容易出成绩的地方。王国华正值盛年，又担任河海区的区长，所以一直很受瞩目。但不知为何，王国华最终既没有做成河海区的书记，也没能在江海市的其他岗位上"再上台阶"，而是外调至H省下面的一个地级市做市长。不过当时还有一种说法，说王国华在这个市长位置上锻炼两三年，兴许可以升任书记，进而位列H省的副省级干部序列。但最终这一幕也还是没有发生，王国华又从地级市市长的职位平移到了H省保诚集团担任董事长，从政府机关去了企业。这保诚集团是H省最大的国资运营平台，也是受人瞩目的岗位。总之，王国华最近几年一直都在这个职务上，直至此次"落马"。

张冬心听马成功这么一说，思路也就清晰了一层。之前手机新闻上看到过王国华出事的消息，说是现在正接受H省铁城市纪委监委监察调查。

"那照你这么说，许达是被带到铁城去了？"张冬心指着手机上"王国华涉嫌严重违纪"的新闻，询问马成功。

马成功想了想，说道："大概率就是被留置在铁城了。"

铁城离江海有些距离，坐高铁四个多小时的车程，坐飞机的话一个半小时，也是张冬心生意上有往来，时不时要去的地方。而此刻的铁城，竟然有了另外一种含义。

"反正，事情就是这么些事情，我们兄弟那么多年，有些话我还是要提醒你。"马成功说道，"你张冬心是个有情有义的人，有些事情你过去多多少少也跟我透露过一点。但现在，我要郑重提醒你，不管发生什么情况，你都不要主动去联系李可白。王国华、许达这个事情非同儿戏，不要惹是生非，不要无缘无故给自己找麻烦。"

从马成功办公室出来，张冬心直接开车回了家，但心情始终压抑着。

第二天，张冬心正常上班，晚上回家。第三天，张冬心正常上班，晚上酒局应酬。第四天，张冬心正常上班，下班后去老房子，陪母亲赵卫红吃晚饭。一切都跟往常一样，也尽量不去想许达、李可白的事情，不去打听那些风言风语。

这天从老房子出来后，张冬心觉得身体特别乏累，便想去经常光顾的一个精品SPA店按摩。车子开到店门口，发现大门紧闭着，也不知道什么原因，只看到店门口外面拉着警戒线。张冬心电话打给店经理，询问什么情况，想着充值卡里还有6000多块钱呢，别不是倒闭了吧。

店经理一看是熟客的电话，连忙赔礼道歉道："哥，实在对不住，说是最近有一个'密接'来过我们店里，至少关七天。"

张冬心听说是这个原因，便释然了，又庆幸自己来得正是时候，倘若来得不巧，自己被封禁在SPA按摩店里，那才叫真正的尴尬。实在心烦得很，张冬心索性开车在市区马路上漫无目的地车游起来，想消磨掉一些时间，但似乎还是烦心，没啥用处，张冬心便只好回家。

晚上，张冬心躺在床上看手机，感觉自己真是丢了魂，总觉得有什么事情没做，心里不安宁，再心想，他妈的又不是自己出事被抓，哪来那么多瞻前顾后的。最后，张冬心还是没忍住，拿起手机给李可白发了一条微信，把马成功的"规劝"扔到了脑后。

信息倒也简单，一如往常那般克制，也就寥寥几句。

"最近还好吗？如果需要我做些什么，请尽管开口。惦念珍重！"

信息发出去后，一直没有回音。等到很晚了，也还是没有回音。第二天一早，张冬心醒来第一件事情就是打开手机，除了几条工作上的信息和订阅公众号之外，没有一条信息是李可白发来的。

实际上，自从许达出事的消息传出来后，李可白的微信朋友圈就再也没更新过。往常李可白的微信朋友圈，虽然设置了"朋友圈仅三天可见"，但她间或着还会冒出来一下，转发个趣闻链接之类。而如今，却是一点消息也没有了。

15

铁城来电

张冬心最担心的一件事情还是发生了,马成功告诉他,李可白也被叫去铁城了,配合调查。

张冬心问:"是铁城那边的人来江海把她抓走的吗?"

马成功答:"没有,打电话叫她自己去铁城,说有些情况要核实一下。"

张冬心又问:"你怎么知道的?李可白现在怎么样,回来了吗?"

马成功又答:"怎么知道的你就别管了,反正人还没回来，有最新情况了再跟你说。"

此刻，张冬心觉得，发信息不回大概不是她不想理睬他，而是确实不方便回，大概她这次真的遇到迈不过去的"坎"了。只不过，许达和王国华的事情，又能跟李可白扯上什么关系呢？

整整一周，张冬心都没有从马成功那里得到任何跟李可白相关的消息。又过了一周，还是没有。第三周，张冬心依旧没有等到李可白的消息，却等到了一个"不祥"的电话。

俗话说得好，你不惹是非，但就怕是非惹你。俗话又说，屋漏偏逢连夜雨，船迟又遇打头风。俗话还说了，是福不是祸，是祸躲不过。总之，当遇到突发的事情、不顺的事情，如果实在找不到好的理由来解释，那么，都可以笼统地用这些"俗话说"来解释，并聊以自慰。张冬心在接到铁城检察院电话的那一刹那，脑袋里闪过的，也正是这几句话。

"请问是张冬心张总吗？"一个陌生的手机号打来电话，系统提示，这是H省铁城的手机号。

"嗯，我是张冬心，请问您是哪位？"看到这个"铁城"的电话，张冬心隐约觉得，应该是跟那件事有关，但并不十分确定。

"张总，我们是铁城监委、铁城检察院的工作人员，我们最近在办理一起案件，涉及许达、李可白的一些情况，可能需要您协助配合一下。您现在人在江海吗？"电话那头的男子，话语里有比较浓重的铁城口音。

"我现在不在江海，我在外地出差呢。"张冬心答道。

"那您方便这几天来一趟铁城吗？有些情况需要当面和您核实一下。"

"不好意思，这位先生，您怎么称呼？我还不知道您姓什么。"张冬心多了一个心眼，保不齐这是一个电话诈骗也是有可能的，新闻里也常报道类似的事情。

电话那头说："我姓田，种田的田。"

张冬心说："田先生，我现在还在出差，要过两天才能回到江海。或者你们能来江海吗？我公司里一堆事情，不一定走得开。"

"张总，我们还是希望您能亲自来一趟铁城，现在还处在疫情防控阶段，我们去江海不大方便，希望您能理解并积极配合。"

"配合是肯定的，但我最近确实特别忙，或者，您能先给我一个书面的文件吗？像这样突然来了一个陌生电话，要我配合你们调查，至少得给我一份正规的文件证明吧？"

"张总，相关的文件，等到您来铁城了，我们会当面给您看的。还是希望您能积极配合，如果不配合的话，我们是可以采取相关措施的。"

"田先生，这个您放心，我肯定是配合的，规矩我都懂。您让我排一下时间，可好？"

"张总，反正希望您尽快能来一趟，最好就这几天，本周内。"

"那这样，今天是周二，等我把事办完了，周四我直接从这边飞铁城，行不行？"

张冬心一边接着电话，一边拿起另外一部手机查了航旅信息，周四早上七点三十正好有航班飞铁城，大概九点二十到达。

"周四能到吗？"电话那头追问道。

"可以，我周四一早的飞机就能到铁城。"

"行，那就这样，您周四到了铁城之后，跟我联系，就打这个电话。"

"那住宿什么的，我怎么安排？"

"住宿的话，您就订在铁城的塔楼区就行，我们就在塔楼区办公。"

张冬心默记了一下"塔楼区"的地名，又追问了一句："田先生，那我就先定两个晚上的宾馆住宿，然后您看我回程的机票订哪天合适？我江海那边事情还挺多的，我订周六的回程机票可以吗？"

电话那头想了一想说道："住宿您就先订两晚，回程的机票您先不用预订，到时看看情况再说。那我们就周四在铁城等您。"

与铁城那边的通话，到此告一段落。张冬心身在外地，一会下午三点还要去客户那里拜访，抬腕看手表，正好下午一点半，还有时间，马上给马成功打电话。

"成功，刚才铁城检察院给我来电话了，让我去趟铁城配合调查。"张冬心拨通了电话，急忙说给马成功听。

"你别去，让他们来江海。"马成功说道。

"已经说过了，没用，通知我必须去铁城。我跟他们约好了，周四一早直接从这里飞铁城。"

马成功问道："他们跟你说具体什么案情了吗？"

"说了，说跟许达、李可白有关，但具体细节没说。"

"冬心，这事反正你自己做好心理准备，我不清楚你跟许达、李可白之间到底有啥事，反正你自己捋一捋。还有，到了里面要积极配合，态度要诚恳，你不要油腔滑调的，也不要犯浑，不要耍犟脾气。"马成功说道。

"知道了，但你觉得，他们会把我扣起来吗？"张冬心多少有些担心。

"这个我就不知道了，应该不至于。"马成功略有所思，又说道，"兄弟，都这个时候了，你可别藏着掖着，没进去之前还能商量，进去了之后就只能靠你自己了。你跟他们夫妻之间，不会真的有啥事吧？"

"我跟他们之间真的没什么事情，最多也就是我这边和李可白公司有些业务往来，但都不大，都是很正常的业务合作。"张冬心告诉马成功。

"那就好。"马成功说道，"你要是害怕的话，我周四陪你一起去铁城吧。"

"我有什么好害怕的，这种事情我又不是没经历过。再说了，你单位那么多事，加上你现在的身份，你怎么能随随便便去外地呢？我反正会和你保持联络的，你就别为我这个个体户多操心了。"张冬心说道。

"反正，你到了铁城之后，进去谈话前，你给我来个电话。"马成功关照道，"到时，告诉我具体地点，我们保持联系。"

两人通话完毕，挂了电话。

尽管刚才和马成功通话时，张冬心有意想说得轻松些，但实际上却是心情沉重。细想下来，他和许达之间是没有联系方式的，估摸着铁城检察院刚才打来的这个电话，八成是李可白提供的联系方式，也不知道她在里面说了些什么。至于马成功关照的"梳理思路",张冬心想来,自己和李可白之间的那些来往,旁人是不知晓的,听电话那头办案人员的口气,应该也不是针对他张冬心的。因而,张冬心觉得,自己被叫去铁城,或许只是问些情况,并不会被直接扣了失去自由。但为了保险起见,张冬心还是把公司近期一些重点工作做了嘱咐和安排,再给母亲赵卫红打了电话,说这次出差事情比较多,可能要晚几天回江海。

张冬心脑子飞转着,想到了最坏的局面,想到了自己万一被扣了起来,又或者出了什么极端的事情,母亲赵卫红该怎么办?自己还有哪些存款要交代的,密码是多少,在香港买的好几份保险,该怎么处理?公司倒还可以,几个副总都安排了股权,也关照过怎么弄。自己的房子,水电煤物业费,诸如此类,该怎么处理?不管是之前想得到的,还是想不到的,这会儿全部涌了过来。张冬心突然发现,这些重要的事情,居然没有一个人能放心托付。除了母亲赵卫红之外,在这个世界上,他张冬心竟再也没有一个直系亲属，诸如自己的太太、自己的孩子，可以托付的了。

悲凉，涌上心头，从来没有过的悲凉。

晚上和客户一起吃饭，平时酒量颇好的张冬心，居然三两白酒下去就已经开始头晕了。身体老实了，嘴巴还不老实，又讨着、闹着多喝了三两白酒下肚，终于，身体和嘴巴统统都老实了。

而在前面三两白酒和后面三两白酒的间歇，在断片和不断片的分水岭上，张冬心突然想起白天还有一件要紧事情忘记问了：妈的，去铁城的机票钱和宾馆住宿费到底怎么算啊？到底是自费，还是检察院报销啊？这么要紧的事情，怎么就给忘了呢！

想到此处，张冬心一个懊悔，人就刺溜到了地板上。再后面的事情，就全然记不得了。

16
特殊问话

铁城对张冬心而言,就是一座"出差"的城市,谈过几笔买卖,住过几次星级宾馆,其余的也就谈不上什么了。好像上一次来铁城,也是两年前了。这里让张冬心印象最深的当属铁城卤鹅,一道当地的特色菜,肉质紧实,卤味醇厚,配白酒最适宜。只不过,这次来铁城没啥好心情,也就连带着并不想念这道名菜了。

飞机准时落地铁城,在机场到达出口,张冬心打了个电话给田先生,算是正式报到。电话那头嘱他先去做核酸，张冬心问有没有指定的医院，那头说，随便哪家都可以，塔楼区最大的医院就是市一医院，那里就可以做。电话那头又说，明天早上八点半，带着核酸报告，直接到铁城检察院门口再电话联系。张冬心觉得别扭，每次通话就像做情报工作，到哪儿再联系，到哪儿再联系，也不一次说清楚，但也只能照着人家的指令来做。

通完电话，张冬心推着行李箱，上了出租车往市里赶。先去宾馆办入住，再去市一医院做核酸，全部做好已经是中午十二点了。这座城市，十月上旬就已经有了寒意，张冬心从南边飞过来，料想全国的十月大体都相当，却不承想铁城的初冬似乎来得更早一些。

好不容易挨过一个无聊的下午，张冬心不想辜负了这在铁城的第一夜，决心找点好吃好玩的。恰好搜索到离宾馆5公里的地方，有一家主打海胆水饺和海肠水饺的海鲜饺子馆，遂前往探究。小馆子店面不大，人气挺旺，边上就是大学，常有学生模样的年轻男女出入。张冬心翻开菜谱，先点了一个价格最贵的凉菜，拌鸟贝，又点了一个价格最贵的热菜，葱烧海参，再点了一份双拼海胆海肠水饺。他寻思着，如果这是进去前的最后一餐晚饭，这个就餐标准，应该值得以后回忆，并且不后悔了。原想再弄点白酒，压压海鲜的寒气，但想起前天晚上的狼狈样，还是打消了这个念头。

今天晚上，纯吃菜，不喝酒。

饱食一顿的张冬心，习惯性地开始在铁城的夜色里逡巡。因为食物的热量充溢，张冬心竟不觉得冷，又实在是过于放纵胃口，吃撑了，便想在这夜色里消解掉自己多余的能量。然而此时此刻在铁城，却孤寂得很。张冬心此行是因李可白而来，却又不晓得李可白现在的境遇，她也许就在铁城的某个角落里，也许自由着，也许受限着，都不清楚。一想到"李可白"这个名字，想到明天不可预知的问询，张冬心便觉得有金箍框着自己，眼睛在街边游走，脚步却自觉沿着回宾馆的路前行着，并不做多余的停留。

第二天清晨醒来，铁城竟然下起了大雨，天色阴沉，气温又下降了四五度。张冬心赶到铁城检察院的时候，雨势稍微小了些，因为离约定的八点半还有十来分钟，张冬心便在检察院门卫室外面的屋檐下，找了个不惹人注意的地方，点上一根烟，顺便打了一个电话给马成功，告诉他现在自己所处位置的具体地址。

马成功对张冬心说，如果到了下午五点还没出来，他会给张冬心手机不停地打电话。

张冬心不解，问这是什么意思。

"如果你接了，我就知道你没啥事了，如果你一直不接，我也就知道以后不用给你打了，我会安排好后面的事情。"

马成功说完，张冬心还是没听懂，但大概觉得，马成功应该是作为朋友在关心他。

临出宾馆的时候，张冬心犹豫是否要把行李箱带上。常年在外，张冬心有一个可以随身携带、坐飞机不用托运的小行李箱，一般两三天的出差行程，这个小箱子正好。张冬心原本计划着，万一今天下午就能谈完，他拿起箱子就能走，一刻也不想多待，但又感觉拿个行李箱去检察院，着实有些怪异。纠结到最后一刻，张冬心还是决定带着行李箱一起过来了，赌一把，看看什么时候能结束吧。万一自己被扣住了，箱子里正好还有些换洗衣物和出差备着的常用药，兴许有用。

时间差不多快到八点半了。

张冬心拨通了田先生的电话，电话里又让他沿着检察院的大门外墙往东走300米，然后左转往前再走300米，到时会有一扇边门，就从那扇门进来，田先生会在那边等张冬心。张冬心无奈，只好推着行李箱，接了这个接头任务。先往东走300米，再左转往前走300米，然后拐进边门，果然在门口已经站着一位约莫五十六七岁的男士，穿着一件灰色夹克衫，想必这位就是田先生了。

张冬心跟对方打了招呼，田先生倒也客气，说辛苦张总亲自来一趟。张冬心忙说，没事，应该的。

铁城检察院的建筑盖得威严，进了这扇门，张冬心也不晓得算几号楼，反正这栋大楼也没有标识。兴许是来得早的缘故，也没什么人，张冬心紧跟着田先生来到一间办公室。

"张总,您可以把行李箱放在这里,您的手机、随身携带的贵重物品请放在行李箱里或者包里,一会儿不能携带。放心,我们会帮您妥善保管的。另外,您的身份证,请给我一下。"

张冬心连忙说"好的",把身份证递了过去。生意场上这么多年,类似的事情张冬心也有经历,但只身前往外地协助配合调查,这还是生平第一遭。待到一切办妥当,张冬心衣服和裤子口袋都空空如也了,便跟着田先生来到了隔壁的问询室。

这问询室,约莫二十五六平方米的一间屋子。办公桌、座椅、周边墙壁,无一例外,但凡有棱角可磕碰的地方,全部做了软包处理。

"张总,这是这次请您来铁城配合调查的文件,您看一下。"田先生说道,"您不要有什么心理压力,就是有一些情况要核实一下,请您实事求是,如实回答就行。"

张冬心将那张 A4 纸扫了几眼,确认无误,将文件递还给对方。谈话是常规的人员配置,一老一少的搭档,田先生看着是级别更高一点的领导,主要由他问话。边上一位大概三十五六的样子，也不说姓啥，主要负责电脑记录，间或着问几句。他们两位倒也没把张冬心当作"犯罪分子"，态度还算客气，听两人说话的口音，应该都是铁城本地人。

"您现在的工作单位和职务，还有大概的工作经历，请您先说一下。"问话开始了。

"好，我叫张冬心，1977年10月23日出生，江海人，1999年大学毕业后在《江海早报》任记者、部门主任，2010年从报社辞职创业，现在担任江海尧臣广告传播有限公司总经理。"张冬心回答道。

"你和许达、李可白，是怎么认识的？"田先生接着问道。张冬心注意到，问话里的"您"已经切换成了"你"。

"我和李可白是过去报社的同事，许达是李可白的丈夫。"张冬心答道，"但我和许达不熟悉。"

张冬心不知道自己是紧张还是其他原因，嘴巴不听使唤地蹦出来这么一句"但我和许达不熟悉"，对面的田先生直视了张冬心一眼，又低下头，没有其他的表情，继续问话。

"许达担任什么职务,你知道吗?"

"应该是我们河海区的副区长吧。"

"你和许达有业务往来和经济往来吗?"

"没有。"

"那你和李可白有业务往来和经济往来吗?"

"我的广告公司和李可白工作的公关公司有一些业务联系,但都是一些小单子。"

"主要是一些什么类型的业务?"

"李可白的公关公司会负责一些品牌客户的活动,主要是一些国际品牌,然后委托我们广告公司具体执行,做一些策划和会务工作。"

"一般这样的活动,金额会是多少?"

"要看活动大小吧,5万、10万,都有。"

"最高能有多少金额?"田先生问道。

"最高三四十万吧,如果是特别大的现场活动。"

"2017年6月,你是不是把一幅金农的画以100万元的价格卖给李可白了?"

"是的。"

"你能讲讲这幅画是怎么来的吗?为什么要卖

这幅画给李可白?还有,为什么是100万这个价格,这个价格的依据是怎么来的?"

张冬心万万没想到,问询谈话竟然会涉及金农这张画,又想起他和李可白的私下约定,脑子里迅速地过了一遍,生怕说错了。

"这张画是我外公的收藏,2010年我外公过世后,就把这张画留给我了。后来李可白跟我说她很喜欢这张画,问我能不能转给她,我就同意了。100万的价格,是我和李可白协商后确认的。"张冬心说道。

"当时你们签过合同吗?"

"签过一份合同。"

"这份合同是谁起草的?"

"应该是李可白请律师起草的吧。"

"张总,有一件事我不明白,比如我自己要买一张画,正好是自己朋友家的,那我就一手交钱一手交货,为什么还要签合同呢?还是说正规的买卖字画,都要签合同?"

"田先生,可能每个人习惯不一样吧。李可白当时说要买这张画,然后说要签一份合同,我也觉得没问题,那就签吧。而且,我觉得,有这样一个书面的约定也挺好,规规矩矩的。"

"后来,你们签完合同之后,李可白付钱了吗?"

"付了。不付钱,我不可能把画给她啊。"

"当时李可白是以什么方式付款的?"

"转账,直接把钱打到我银行卡上的。"

"具体哪张卡,你还有印象吗?"

"这个我还真的记不清楚了,应该是我经常用的卡,工商银行的吧。"

"你看一下,是不是这张卡,这笔汇款?"

对面递过来一份打印好的银行流水单,其中有一笔,用黄颜色的记号笔标注了出来。张冬心接过来一看,正是那笔李可白汇来的"100万",与此同时,张冬心又迅速瞟了一眼,发现满满一页全是自己工商银行卡的交易记录,时间正是2017年,那一叠流水单还有好几页。

"嗯,看过了,就是这笔。"张冬心说道。

"你和李可白之间关系密切吗?"

对面突然又抛了这么一句过来，张冬心神经紧绷了一下。

"还行吧，老同事，后来又有一些业务合作。"张冬心说道。

"张总，你平时业务上有什么需要政府部门支持的吗？你知道，李可白的丈夫在政府部门工作，会不会提供一些便利，方便你业务开展？"

"这个是没有的，我就一个小小的个体户，做点小生意，跟他们这些做领导的，没什么来往。刚才我也说了，我跟许达是不熟悉的，我连他手机号码都没有。"

"那你把这个画卖给李可白后，后来关于这幅画，你们还有什么联系吗？"

"后来就没什么联系了，最多就是工作上会有一些联系，其他就没什么了。"

"后来这幅金农的画，在2018年6月底北京的一个拍卖会上，卖了506万，这个事情你知道吗？"

"知道。"

"张总，我还有一个好奇，就是你把这幅画卖给李可白是100万，然后这幅画隔了一年时间，变成了506万，你这个不是亏大了吗？你怎么看这个事情？"

"我怎么看这个事情？"张冬心不晓得对方是否话里有话，只好先停顿了一下，"我能怎么看这个事情啊？画已经卖掉了，就跟我没关系了。"

"你难道没去问李可白，这是怎么回事吗？"

"这有什么好问的？就好比你把房子卖给别人了，然后房子涨价了，你还能去问人家补差价啊？"

"张总，价格上下幅度那么大，你心里真的一点都不生气？"

"不平衡么总归是有的，但是，做生意嘛，愿赌服输，是你的就是你的，不是你的就不是你的。"

"张总，您倒是蛮通透的，心态很好啊。"

张冬心听对方这么说，也不便多说什么，尤其对方刚才特意称他为"您"，颇有深意，张冬心便只好报以一个略微苦笑的表情给对方。

这时候，田先生示意张冬心喝口水，张冬心这才意识到，说到现在，自己竟然还没碰过桌上的那杯水。一次性纸杯里,原本应该是一杯温水,如今水已经凉了。

"张总,保诚集团的董事长王国华,你认识吗?"

"不认识。"

"那金发房地产的强明,你认识吗?"

"也不认识。"

突然提到了王国华的名字,张冬心困惑了,又提到一个陌生的名字"强明",张冬心更困惑了。

"噢,您都不认识。"对面随口说道,"王国华过去在你们江海工作过,还做过河海区的区长,张总您过去在报社工作,没接触过这个人?"

"我知道王国华,但人家是政府大领导,我真的不认识。"

此时,田先生又对着电脑屏幕,同负责记录的同事小声说起话来。张冬心正好借这个机会,又仔细看了看四周的布置,浅色调,几个角上都装着探头,应该是全程录音录像的。因为一边说话,一边还要照顾记录的速度,整个谈话并不像日常对话那么畅快,时间便拖得有点久。

年轻的还在记录,田先生起身站了起来,并示意张冬心也可以起来休息一下,动动筋骨,需要上厕所的话,也可以随时说。

"那我上个洗手间。"张冬心说道。

田先生说:"那正好,我也要上洗手间,我们一起去。"

17
再见，速冻水饺

田先生刷了一下门禁卡，便打开了问询室的门，门也同样是软包的，隔音效果极好。外面的走廊很安静，鲜有人走动，厕所就在斜对面。张冬心和田先生各自在小便池前站好，中间隔了一个空位。

"田先生，你们最近也很忙吧？"张冬心又"话痨"起来，显得很随意的样子。

"嗯，忙到现在，都没休息过。你就叫我老田吧，田先生听着别扭，论年龄，我应该算你老哥呢。"

"好啊，老田！这样叫起来亲切。"张冬心说道。

前前后后上厕所花了三四分钟时间,也算片刻的"放松"。回到问询室,张冬心坐到自己的位子上,老田在桌上找东西,然后拿起一份材料,转身走了出去。房间里只剩下张冬心和那位年轻的办案人员,年轻的那位还在整理记录,张冬心又不好跟人家"插科打诨",只好两人都不说话,一个忙记录,一个干坐着。

"张总,你们家搞收藏,是从什么时候开始的?您说,这画为什么能值那么多钱啊?"年轻的那位突然冒出来这么几句。

"噢,我外公新中国成立前开始搞收藏的,我自己不搞这个。"张冬心回答道,并且确认了一下,这个问话应该只是闲聊,不是专门要做记录,"至于画值多少钱,那都是市场行为,有人喜欢,或者几个人杠上了,都可能把价格抬上去。人发起疯来,拦都拦不住。"

这时候,问询室门开了,老田走了进来,只见他右手拿了一个饭盒。张冬心一看,一次性的塑料饭盒没有盖子,里面盛的是煮好的速冻水饺。

"张总,到饭点了,我们这儿条件一般,给你准备了水饺。"老田说道。

"没事,水饺挺好。"张冬心接过饭盒,却突然发现没有筷子,便问道,"老田,有筷子吗?或者,勺子也行。"

"不好意思,张总,之前有谈话对象压力大,拿这个一次性筷子自残,所以现在最新规定,不得提供筷子。"老田说道。

"没筷子,那我怎么吃啊?"张冬心诧异道。

"你刚才洗过手吗?"

"洗过了。"

"张总,那要么就委屈一下,直接用手吧。"

张冬心见老田语气平和,不像是存心要刁难他,便只好左手托着塑料饭盒,右手直接拿了饺子往嘴里塞。说来也奇怪,一上午问话答话还真的有点饿了,就五六分钟的时间,张冬心吃掉不少水饺,但就味道而言,这速冻水饺比起昨天晚上吃的美味双拼海胆海肠饺子,实在差太远了,还有点坨了。眼见着饭盒里的速冻水饺还剩下一半,张冬心没胃口吃了，便将饭盒放到一边，顺便抽了几张桌上的餐巾纸擦嘴擦手。

早上在铁城检察院大门口的时候，张冬心和马成功通电话，马成功跟他讲，在里面态度一定要诚恳，但也别过于紧张，稍微放松点，不要被他们"拿捏"了。吃这盒速冻水饺的时候，张冬心想起马成功的这番话，便尽量按照"放松的一般形式"来努力放松自己。

"张总，现在是中午12点35分，咱们下午加快点节奏，也请你多多配合。我们争取今天就把相关情况核实清楚，下午五点前完事，也不想耽误你工作。"老田说道，仿佛摇了一根橄榄枝给张冬心。

张冬心并不知晓这是真的"橄榄枝"，还是假的"迷魂阵"，反正在这里，主动权肯定不在自己这边，自己只有老实配合的份。

"张总，上午问话的时候，你说你不认识王国华和强明，你确定是真的不认识吗？你可不能隐瞒什么啊。"老田问道。

"我真的不认识这两个人。"张冬心说道。

"那在你印象中，李可白有没有在你面前提到过王国华和强明？或者是否提到过她丈夫许达和王国华、强明认识？"

"没有，李可白从来没和我提过这些人。"

"张总，我这里稍微给你透露点信息，这样也方便你前后联系起来。"老田严肃地说道，"还是跟你那幅金农画有关。"

"跟那幅画有关？"张冬心不解。

"对，所以我们才要跟你核实清楚，既不能冤枉好人，也不能放过坏人。"老田说道，"2018年6月那场拍卖，那幅金农画实际上是王国华委托拍卖的，然后根据拍卖公司提供的交易记录，最后买家是一个叫'甘鹏飞'的人，这个人买画的钱，我们调查下来，源头是金发房地产的强明。我们怀疑，这里面牵扯到利益输送和腐败案，而且涉案金额巨大。"

听对面的老田这么一说，张冬心心中积压了很久的那个巨大的困惑似乎渐渐理出了一个头绪，但还有很多不解，还有好几块拼图有待补上。

这时，对面的老田又抛过来几个问题。

"张总，根据我们最近调查的情况，这幅金农的画，是由许达卖给王国华的。这个事情，你知道吗？"

"我不知道。"

"那当时李可白从你这里买这幅画的时候，有没有提到过派什么用场？到底是自己收藏，还是要转送或者转卖给其他人？她跟你提过吗？"

"没有，她没有说过。"张冬心说道，"事实上，我把这幅画卖给李可白的时候，还有一个口头上的约定，就是不可以把这幅画流入公开市场，例如拍卖这种。"

"所以，你和李可白之间有这么个约定，后来你知道这幅画拍卖了506万的时候，你去找过李可白吗？张总，根据我们了解的情况，你好像去找过李可白。"

张冬心听到老田这么一说，心里突然"有些慌"，也不知道李可白到底说了些什么，都怪自己心里一激动，多说了几嘴。但遇到这种事情，又有谁不会激动生气呢？张冬心瞬间想起那餐饭，想起许达当着他的面，口口声声说的是把金农画送给了自己的恩师，怎么到了这里，却变成了许达把这幅画卖给了王国华？然后，王国华再把画送到拍卖公司拍卖，而且一把就拍卖了506万的高价？这里面到底是怎么回事情？张冬心脑子晕了。

"张总，我再问得具体一点，就是李可白有没有跟你提到过，她买了这幅画之后，是要把这幅画送给某个人，还是要卖给某个人？或者，是否提到过，她丈夫许达需要拿这幅画派用场？"

张冬心听完，压着自己的火气，说道："没有，她没有提过。从头到尾，李可白跟我讲的是，她要自己收藏这幅画。"

大概是没有从张冬心那里听到想要的"答案"，对面的那两个人，都沉默了一小会儿。随后，老田指着电脑屏幕上的记录，跟年轻同志说着话。

"张总，你知道许达、李可白夫妇，他们夫妻之间关系好吗？"老田转过头来，直接问了张冬心这个问题。

张冬心面无表情，说道："这个，我不清楚。"

面对张冬心的这个回答，老田好像并不想深究，又翻看了手头的一些文件和记录，从一厚摞的文件里翻找出一份记录。

张冬心坐在桌子对面，看不清楚是什么。

"张总，还有最后几个问题。根据你和李可白签署的买画合同，还有你们之间的银行转账记录，我们可以认定这幅画价值人民币100万。但你觉得这幅金农画的实际价值应该是多少钱？请你认真想好了，再回答。"老田问道。

"这个还真的不好说，艺术品价格是十分特殊的，它不是标准化的，很难定价。"

"那就这么说吧，你觉得这幅画应该值100万，还是值506万？"

"这个我也不大好评判，拍卖场上的事情，有很大的偶然性和随机性。如果一定要我表态，我还是那句话，反正我把这幅金农画卖给李可白的时候，这个100万的价格，我是满意的。"张冬心解释道。

"就是你觉得它是值100万的，对吧？是这个意思吧？"

"也不是说值，就是我觉得，这个价格，我能接受。"

"那不就是说，这个画值100万嘛，我没理解错呀。"老田坚持道。

"行吧，您的理解也没错，这幅画值100万。"张冬心不想再在这些话语词句上纠缠，便认可了老田的讲法，他满心疲惫，只想快点结束这场对话。

"那你觉得这幅画，值不值506万这个价格呢？"老田又追问道。

"这个你们还是得去问拍卖公司的人，或者行业里的专家。我的意见未必准确。"

"纯粹是个人的意见呢，张总，你觉得值不值？"

张冬心说道："我反正不会花506万买这个东西，除非脑子坏掉了。"

"对，张总，我的看法跟你一样，只有脑子坏掉的人，才会花那么多钱去买那张纸。"

张冬心微笑应对，也没再接话茬。

"张总，还有一个问题，当年您祖上把这个画传给你的时候，对于这幅金农画的真伪问题，有没有讲过？这到底是一幅真迹呢，还是一幅可能真伪存疑的画呢？"

"这个问题，我外公把画留给我的时候，没有讲过。而且，我也不是做这行的，也不懂这些古董字画的真假。所以，真的说不上来。"

"噢，好的。"老田说道。

接着，那头又没了声音。老田拿着笔在纸上边写边画，也不抬头看张冬心，气氛有些压抑。

突然，老田抬起头，对张冬心说："张总，我们今天的谈话差不多就这些了。谢谢你的配合。"

张冬心连忙说："不客气，这些都是我应该的。"

"不过，还有些例行的手续，要麻烦你确认签字。我们马上把笔录整理好，稍等。"老田说道。

接下来的事情，就是一些例行的常规动作，张冬心也不是大姑娘上花轿第一回，都懂的。

这一整天的问话答话，打印出来，居然也是厚厚一叠。老田把笔录递给张冬心，让他检查核对一下，看看是否有疏漏和记错的地方。

张冬心拿起笔，颇为仔细地检查起来，看到好几个错别字，便直接画了出来并改正好。笔录里有一些事实陈述，类似关于这幅画是否值100万的表述，张冬心内心里觉得自己口述的更准确，和笔录里的文字有一些小差异，但他实在不愿意在这些事情上再跟对方辩解了。更何况，其实也不需要纠结，事实就是如此，反正有合同约定摆在那里。全部检查下来，花了张冬心差不多15分钟时间。张冬心感觉自己手里拿的不是笔录，而是当年报社值夜班看的报纸校样，让他感到欣慰的是，自己的校对童子功还在，这一稿核对下来，应该没有错别字了。

张冬心把修改好的笔录递给了年轻同志，老田也跟着看了一遍。好在只是修改错别字，没有内容上的不认可，那边马上改好重新打印了一份。老田拿着笔录定稿，指了几处需要张冬心签名的地方，张冬心便立即签了名。老田接着又让他在每一页的顶头、中间、页面底部几处地方摁了红手印。最后一页的底部，照例写上了"以上笔录，我看过了，和我说的一样"。

写这句话的时候,张冬心觉得铁城这边办案写的这句话,怎么跟在江海不一样,怎么全国也没个统一格式啊?张冬心本想把这个疑惑提出来,后来一想,自己这个"油腔滑调"的老毛病,怎么又犯了?怪不得马成功千叮咛万嘱咐,让他不要"油腔滑调"。想着马成功的"叮嘱",张冬心接着在笔录上摁红手印的时候,便老老实实的,对方让怎么摁,他就怎么摁,绝不造次。当然,摁的时候,张冬心的真实心理,其实是:奇怪了,江海那边摁手印,只要顶头和页面底部就行了,怎么铁城这边,中间也要摁啊?是这几年规定又改了吗,还是各地有差异啊?凡此种种奇怪的想法,在张冬心脑子里不停地"跑火车"。

18

两扎冰镇生啤

从铁城检察院正门出来的时候,张冬心看了一下手机,此刻正是下午4点30分。站在大门口,张冬心想抽根烟定定神,但抬头看到铁城检察院的大招牌,便把刚拿出来的烟又塞了回去。他已经叫好了车,叫车软件显示车子还有一公里就到,直接送他去机场。

常年的商务出差,练就了张冬心娴熟的差旅技能,坐在车后座,张冬心在手机上快速订好了18点15分最近的一班从铁城飞江海的航班,从铁城检察院到铁城机场，车程35分钟，办理登机安检手续绰绰有余，他想赶紧离开这个地方。与此同时，张冬心给马成功发了信息，报了平安，马成功回了他一个OK的表情包。至于还有一晚的宾馆房间，张冬心就随它去了，就当为铁城的旅游消费做贡献了。

现时，张冬心已经坐在飞机上了，飞往江海的这架空客A320飞机正在跑道上加速，机头一仰，整个飞机便斜着身子，直直飞起，离开了地面。张冬心斜靠在座位上，体会着身体与座位靠背之间"力与力"的作用，张冬心感觉这真是一种奇怪的"快感"。

临上飞机前，张冬心给母亲赵卫红打了电话，说马上上飞机了，晚上就能回到江海。赵卫红说，明天周六，你要来老房子吃中饭吗？张冬心说，明天不来了，外地有个客户来江海，要请吃饭。赵卫红说，那最好了，我周六跟小姐妹聚会，这个周末你就不要来了。张冬心便说，那我周一晚上过来看你。赵卫红说，再说吧，随即挂了电话。

周六中午，张冬心实际上是和马成功约了见面，地方还是老地方，日料烧鸟店。见面后，张冬心跟马成功说，想喝生啤。马成功说，我也想。

两扎冰镇的生啤端了上来，啤酒杯与啤酒杯的相碰。就在冰啤酒下肚的那一瞬，张冬心体会到的是一种弥足珍贵的舒畅与满足。

张冬心把铁城之行的细节，包括那幅金农画及100万画款合同的事情，悉数跟马成功说了。但涉及他和李可白之间那些隐秘的私事，还有100万画款的私下其他约定，张冬心并没有告诉马成功。

"看来这幅画是关键，把你叫去铁城，大概率就是要理清楚这个前后关系。画哪里来的，值多少钱，画最后怎么拍卖的，又值多少钱，这里面有没有猫腻，全是文章。我估计王国华的金额认定，不会是小数目，光一张画就500万出头，胆子也太大了。你想想看，那还有其他咱们不知道的事情呢。"马成功说道。

"王国华该怎么样就怎么样，跟我也没关系，但这次莫名其妙地把我牵扯进去，真是倒霉透了。你觉得接下来他们还会找我调查什么吗？"张冬心问道。

"应该没你什么事了,你就相当于是个证人,是整个证据链的第一环。只要你第一环跟王国华没有直接关系,而且你和他之间确实没有往来,没有利益输送,那就没问题了。"

"许达会有事情吗?"

"那就不晓得了,许达和王国华做过上下级,这里面,许达是否请托过王国华办事,或者,王国华是否授意过许达办什么事,都有可能啊。还有,你说这幅画是许达卖给王国华的,请问,他为什么要卖画给王国华呢?为什么不是送给王国华呢?这里面的故事,咱们就不知道了。"马成功说道。

"再有,你说你是100万把画卖给了李可白,那许达知道这画值100万吗?再后来,许达又把画卖给了王国华,那王国华知道这画值100万吗?许达和王国华之间,又是按照什么价格买卖这张画的?如果许达和王国华之间是平进平出,或者前后金额差距不大,那还好说,可以理解成私人之间正常的一个买卖交易。但如果差额很大,那就有嫌疑了。好比我有一套房子要卖给你，这套房子市价200万，你220万从我这里买，这还能解释。但是你花300万买，难免会被人认定那多出来的100万，是你通过房子买卖来行贿我。关键这次不是买卖房子，而是买卖字画，而且还是在拍卖会这样的公开市场，最后这幅画居然卖了506万，买家还是一个房地产开发商找的托。冬心，你想想看，这帮家伙脑子得有多复杂，才能想出这么一个大招？"马成功又说道，俨然是一个老资格政法记者的口吻。

张冬心问道："那你的意思，这个调查会很复杂，一时半会儿还结束不了？"

马成功继续说道："还是那句老话，要想人不知，除非己莫为。现在把你这个'源头'都叫去问话了，只有两种可能：一种，王国华已经在里面都撂了，无非是检察院想锁好证据链，把证人、证词做扎实了。还有一种，就是检察院已经掌握了比较充足的线索，指向有这种通过书画买卖进行利益输送的可能，但是王国华不认，这个将来到了法庭上，控辩双方都要针锋相对来辩论的。但不管哪种可能，画是核心关键,你恰好是画的源头主人,肯定会找你取证问询的。"

"你觉得这两种可能,哪种对我更有利呢?"张冬心又问道。

"冬心,只要你跟王国华之间没瓜葛,上面说的这两种可能,其实都跟你没啥太大的关系。倒是许达、李可白他们夫妻俩,我有点担心。他们离王国华近啊,如果他们俩出事了,或许倒过来会影响到你。"马成功进一步分析道。

张冬心听着,思绪有些飘忽。

"冬心,你在听我说吗?"马成功发现张冬心走神了,便有意识地停了下来。

张冬心忙说:"在听呢,我在听呢。"

"你呀,不是我说你,你早就应该和李可白彻底断了联系。"马成功说道,"红颜祸水,说的就是这种,我看你是被她下蛊了,中毒太深。"

"老马,你别这么说李可白,又不是她存心要害我,这些都是命。"

"命?什么叫命?人顺利的时候,都说成功是自己奋斗出来的，不顺利了，就说都是命。"马成功很不屑地说道，"就像王国华这种，出了事情了，就说是体制的原因，其实还是自己的原因，全是欲望在作祟。"

"你知道我这次去铁城，最大的收获是什么吗？"张冬心突然对马成功说道。

"什么收获？看破红尘了？"

"老马，我说出来你可能不相信，我这次最大的收获，就是发现，这人啊，受点限制和约束，其实挺好的。"

马成功喝着啤酒，看着眼前的这位老兄弟，一时没听明白这话是什么意思。

张冬心说："咱们这帮人，脑子里全是自由观念，年轻的时候，总想着要放飞自我，特别是像我这种，一个人的日子多逍遥啊。但我这次真的有点慌了，我发现我万一真的出事了，连个牵挂交代的人都没有。我真心觉得，有点约束，有点牵挂，挺好的，这样自己做决定的时候，就不会瞎来。"

马成功说："冬心，我感觉你是把概念搞混了，自由还是要追求的,你说的应该是,不能放纵,不能越界。"

张冬心说:"反正我觉得,不管你官做得再大,不管你钱挣得再多,也不管你名气再响,都不能太任性。这个世界真的是平衡的,不能太自以为是了。"

"大道理都说得漂亮,但做起来难啊。"马成功说道,"冬心,就算当着你的面,我也敢说这句话,许达这个人不坏的。如果说他是腐败分子,我还真的不相信。"

"老马,你到底跟谁是兄弟啊?你之前不是说跟许达不熟吗,怎么现在又在为他说好话了呢?"张冬心抓住马成功话里的"小辫子",半开玩笑地向他问个究竟。

"我跟你是兄弟,而我跟许达就是工作上有联系,谈不上兄弟。但我对许达的评价,也是客观的。"马成功辩解道,"你这个人啊,还是老毛病,色字当头,对许达抱有成见,影响了你的判断。再说了,你这种已经离开体制的人,不懂现在体制内的压力,你不懂。"

这一餐中饭，张冬心和马成功两个人，足足吃了两个多小时。喝啤酒，是张冬心提出来的，但最后，喝啤酒喝到半醉的那个人，竟然是马成功。其实，刚才在饭桌上，张冬心还想把铁城之行的另一个收获讲给马成功听，但现在好像也没有说的必要了。

把马成功送上车后，张冬心还要着急去见第二个人。正是在铁城的那天晚上，这个人打来的一通电话，让张冬心吃了一颗小小的定心丸，也真切体会到了信息和情报在关键时刻的重要性。

19
咖啡馆外的银杏树

那天晚上,张冬心饱食之后,在铁城的马路上游逛着,没有任何目标,也没有任何收获,便转身回了宾馆。洗漱完毕,张冬心正躺在宾馆大床上发呆,突然接到了拍卖公司端木的电话。

"喂,端木总,怎么想起给我打电话了?是想我了吗?"张冬心接起电话,油腔滑调道。

"神经病,我端木还没花痴到这种地步,我是来跟你说正经事的。"端木说道。

因为要说"正经事",张冬心便想听听,这事到底能"正经"到什么程度，但身躯依然陷在大床里，慵懒着，并没有起身。可万万没想到，端木那边的"正经事"刚说了没几句，张冬心便立刻从床上爬了起来，赶紧站到房间落地窗前，找了一个手机信号最好的角度，仔细听起了电话。

"你是说，我外公的那幅金农水仙吗？"

"没错，就是那幅，反正这是北京那边的朋友刚传过来的消息，就前几天的事。"

"还有更多细节吗？"张冬心追问道。

"没有了，毕竟这些都是人家公司的内部机密。你要是明天下午有空，可以到我办公室坐坐，我明天上午再打几个电话，帮你问一下情况。"

"明天下午我来不了，不瞒你说，我现在人就在铁城呢。"

"什么？你人就在铁城？他们把你叫过去的？"

"嗯，今天早上到的，明天上午去检察院谈话，还不知道凶险不凶险呢。"

"反正你心里有个底吧，人家北京拍卖公司的业务员，已经被问过话了。"

"行,我知道了,谢谢你。等我回江海后,我来找你。"张冬心挂上了端木的电话。

此刻,张冬心正是要赴端木的约。

因为是周六下午的缘故,张冬心问端木在哪里见面合适。端木便说,就到她家楼下的咖啡馆,那里有户外座位,可以抽烟。

张冬心和端木,一人一杯咖啡摆在面前,端木也抽烟,正好和张冬心组了个默契配合。周六下午,又是十月里的季节,比起铁城的初冬,江海这里还是一片秋意。咖啡馆的户外有好几棵银杏树,时不时有几片金黄的树叶掉落下来,越积越多,成了风景。端木一身运动卫衣打扮,既时尚又清爽,她一边抽着烟,一边打量着张冬心。

"怎么样?铁城之行,还顺利吗?"端木问道。

"我现在能坐在这里和你一起喝咖啡,那不就是最大的顺利。"

"张总,你大风大浪见得多,大概这种事情也很有经验吧。"

"你就别拿我开涮了,这种经验还是越少越好,多了伤自尊。"

"他们在里面为难你了？"

"为难倒也不至于，但那个气势压迫过来，很不舒服。往那儿一坐，感觉你就是犯罪分子了，现在就要审判你了。而且，我还在里面吃了一顿手抓速冻饺子。"

张冬心大概对这顿"速冻饺子"过于记忆犹新，便又把相关的细节跟端木讲了一遍。端木说你这个听着像是在拍电影，张冬心便说拍电影的话，这里应该来几个特写镜头，最好把速冻水饺的外包装打上去，算广告植入，广告费收个15万肯定没问题。端木取笑张冬心生意经思维，这种时候居然还想着搞钱做业务，张冬心说其实就是苦中作乐，现在说着轻松，当时还是有点紧张的。端木点头，表示理解。张冬心又问端木是否有新消息，端木便把最新问到的情况讲给张冬心听。

"这个王国华还是有点道行的，应该祖上就有书画收藏，自己也喜欢艺术，跟圈子里的人，包括画廊、拍卖公司、艺术家等，都有交集。但他平时买卖东西，一般都在外地，很少在江海。而且，我问过了，王国华是真的买，也真的卖，他收藏扇面最多，2000年左右的时候就开始收，当时一件两三千的东西，现在差不多能卖到五六万。所以，王国华对于拍卖行里的水深水浅，应该是比较了解的，而且有熟人朋友。"端木介绍道。

"那照你的意思，有没有可能王国华看到我外公收藏的那张金农水仙之后，真的是捡漏了呢？"张冬心问道。

"不会。即便他知道这件是老充头，先不说他是多少钱从许达那里拿来的，或者，可能压根就是许达送给他的，这些对你而言，其实都是无所谓的。关键是，正常情况下，王国华拿这件东西去送拍，一般的拍卖公司不一定会收，或者即使收了也就是随便处理一下，是不会重点推荐的。然后，等到做拍卖图录的时候，多半会在图录上标明金农（款），这是常规做法。北京那家拍卖公司，说大不大，说小不小，王国华能把东西送进去，说明里面有熟人。"端木说道。

"那会不会是拍卖公司和王国华一起做的局，故意把这件东西说成是真的金农画，然后骗了傻子大款进来，买了这张画呢？"

"张总，我记得2018年拍卖这幅画的时候，在你们家也是闹了风波的，你表哥还从美国打电话来骂我。我记得我当时就跟你说过，在北京确实有人专门玩老充头，但那个也是有标准的，不会离谱到无边无际。当然，拍卖行当里匪夷所思的事情也时有发生，如果这件东西真的卖到了506万，那要么是遇到了千百年一遇的大款凯子，要么就是故意的，拍卖公司只是做了个过桥。"

"过桥？"张冬心不解。

"对，就是过桥。其实，买卖交易双方事先已经达成了默契，但需要中间环节处理一下，然后为了节省过桥的交易成本，除了正常的税点省不了，其他上下家的交易佣金、服务费之类，都是可以协商的，兴许就是一个打包价。"

"那这种事情，拍卖公司也敢做？"张冬心继续问道。

"一般是不会做的,但这种事情就是打了个擦边球,因为在真实的艺术品交易中,为了促成交易,上下家佣金优惠也是经常发生的事情。拍卖公司就是中介服务,上下家客人之间的事情,有时候中介也是不清楚的。或者这么说吧,到底是真的不清楚,还是假的不清楚,一般人是根本不可能知道的。"

"这么玄乎啊!那你的意思,我这次是被动地卷进去了?"

"是非惹到你了,就这么简单。"端木说道,"反正北京拍卖公司的那个业务员已经被问过话了,他们拍卖公司的老板好像也被问过了,但到底是业务员这个层级的事情,还是老板这个层级的事情,我就不便多问了。反正,要是我的话,我是不敢掺和这种事情的。"

"那他们没被叫去铁城?就在北京问话吗?"

"好像是从铁城去了几个人,专门跑了几家拍卖公司调查情况。跟你那张金农画关联的公司,是这堆公司里最大的一家。我不是跟你说了吗,王国华买进卖出很频繁的,也算半个圈内人,所以,估计真真假假混在一起,调查起来要花些时间精力的。"

"谢谢你跟我讲了那么多,我现在大概能明白是怎么回事了。就像你那天晚上电话里跟我说的,有些事情我不知道,反而是好事,真的知道了,我就麻烦了。"张冬心似有所悟。

"但我好奇的是,你真的跟王国华、许达没有瓜葛吗?"端木一脸想彻底搞明白的神情,看着张冬心。

"我对天发誓,我跟这两个人半毛钱关系都没有。"张冬心一本正经地说道。

"那你跟李可白有关系吗?你敢对天发誓吗?"端木"紧逼"了一下,一句问话堵住了张冬心。

"不是,端木,你这话是什么意思啊?"张冬心尴尬地笑着。

乍看上去,张冬心皮笑肉不笑的,但又混杂了许多奇怪的神情,这一幕着实把端木惹笑了。

"我逗你玩的,你别介意啊。"端木笑笑,说了这么一句。

张冬心禁不住打量起眼前的这位女子。平日里跟端木虽然见面不多,但也毕竟认识好多年了,每次见面又总是聊得很愉快。但谈话的内容,多半局限于"正事""公事",很少涉及那些"私事",这是张冬心有意设置的"边界"。但这次见面,好像有些不一样。

"张总,你在我面前不用遮遮掩掩,我又不是你老婆,我就是八卦一下而已。"端木不依不饶,继续说道。

张冬心听端木这么一说,原想用他最擅长的"油腔滑调"把这尴尬破掉,但不承想,话还没想好怎么说,自己的脸颊竟有些泛红。张冬心想尽力掩饰,却又感觉自己此刻的局促和尴尬,已经完全被对方捕捉到了。

端木大大方方地说道:"我知道的,李可白是你过去的女朋友,我听说过你们一些事。"

见端木如此开门见山,张冬心愈加坐立不安,很奇怪的一种体验。

张冬心问:"你怎么知道的?"

端木说:"江海这个地方说大不大,说小不小,又都是文化艺术传媒这个圈子里的,总归知道一些的。"

张冬心说:"那我感觉挺开心的,原来我还是个名人。"

端木说:"我第一次见你的时候,觉得你这个人挺油的,后来接触时间长了,发现你是假装的。"

张冬心说:"这个你都能看出来?"

端木点点头,微笑,顺势把烟灰弹在烟缸里,手指纤长。

"你觉得我这个人怎么样?"端木问道。

放在以往,张冬心肯定瞬间就回应了。通常,回一个社交礼貌常用的语言包,便能接住对方发球,并快速把球回给对方,既不让对方尴尬,也不至于对方能再次反抽回来。但这回,显然有些不一样。好比驾车开山路,对方这弯转得有点急,但汽车发动机是水平对置的,虽然前面速度开得快,但凭借着发动机的优势,噪声、晃动都减到了最低水平,这个弯看着转得又急又硬,体验下来却是又快又稳。

当然，乘客的小心脏，算是被驾驶员彻彻底底地吊了起来。

张冬心想了蛮久，端木以为他为难了，便想着跳转到其他的话题。恰在此时，张冬心说了一句"你挺好的"。

端木听到这句敷衍不像敷衍、尴尬却真的尴尬的"你挺好的"，按捺不住自己的心思，便说道："你这话说得特别没水平。"

"主要我们认识那么多年了，没见过你在我面前这么说话，有点不适应。"张冬心说道。

端木说："那你能跟我说句心里话吗？"

张冬心说："什么心里话？"

"经过这次铁城的事情，再加上之前金农那张画拍卖惹出的事情，你心里觉得烦吗？觉得后悔吗？"端木问道。

"烦肯定是烦的，后悔倒谈不上，毕竟有些事情也不是我能控制的。"张冬心答道。

"那你记恨李可白吗？"

"记恨？"张冬心犹疑了一下，"其实，我已经好久没跟她联系了。"

"这次出这么大事情,你也没跟她联系?"

"嗯,没联系。"张冬心说道,"之前因为那张画的事情,我见过一次许达,那也是我最后一次见李可白。自从那次见过面之后,我就知道,其实人家是人家,我是我,已经没有必要再联系了。"

不知不觉中,阳光打在银杏树叶上的颜色,变暗了。向西边望去,太阳暗红着,正在渐渐下落中。

"要一起吃晚饭吗?"端木问张冬心。

"现在吗?"张冬心问道。

"对啊,如果你没什么安排,你可以到我家里吃晚饭,反正就在楼上。"

"会不会有点不方便啊?况且,应该我请你吃晚饭才对。"

"神经病,我就一个人住,你又不是不知道。"端木想了想,继续说道,"还是说,你这是在拒绝我?"

张冬心迟疑了一下。远处残阳如血,气氛却分外的平和。看着这美景,张冬心竟有了些许留恋。

中午和马成功吃饭的时候,张冬心原本还想跟老兄弟感慨一下另一个感悟,也算是收获吧。那就是,经此一"役",他觉得自己真的不再年轻了。张冬心没能把这个体会说给马成功听,此刻,夕阳下,张冬心觉得,也确实没有必要把这话说给任何一个中年男人听了。

咖啡馆外的银杏树

20

李可白归来

从铁城回来两个月了,张冬心的日子过得按部就班,而按部就班最典型的特征就是两个字:安稳。倘若在这安稳上面,点缀上马路上各式各样的店招,点缀上货架上琳琅满目的货品,点缀上都市青年男女的活色生香,再点缀上张冬心这样的中年男人的雅痞、自以为是的"自得",最好再点缀上酒杯里的威士忌与点燃的雪茄,任由混杂的香气游弋——也许,这一切都可以用来象征成功、收获或者人们所向往的那个理想状态,但实际上,但凡有过一次

刺痛，留下了伤痕，便终究会在寒夜里惊醒。那些经历丰富的人，那些常常喜欢给人指点的前辈、师长、成功人士，他们会告诉年轻人很多经验，但有一条他们不大愿意告诉年轻人，那就是：如何让寒夜变得不那么漫长。之所以不告诉，是因为这个技巧是要留给自己用的，特别是在那些关键的时候，这个技巧是要留给自己保命用的。

张冬心知道李可白从铁城回来了，大概一个月前，他就知道了。但许达仍旧是留置状态，没能回来，恐怕一时半会儿也不会回来了。

端木之前问张冬心会不会记恨李可白，这个问题最近一直在张冬心脑子里盘旋。他不知道答案，至少内心里需要填写答案的那个空格处，一直都空着。但就在刚才开门的那一瞬间，当再次看到李可白本人站在自己家门口的那一刹那，张冬心内心里那个空格处，已经写上了答案：他真的一点也不记恨李可白。

"冬心，谢谢你，谢谢你还愿意见我。"

李可白进门后，看到许久未见的张冬心，说了三年之后再次见面的第一句话，话还未完全说完，泪水已经涌了出来。张冬心展开双臂抱住了她，想让她舒服一些，不要再哭。这个动作反而让怀里的李可白哭得更加伤心起来，反过来，又更加紧紧地搂住了张冬心。当所有的委屈、不安和难过全部宣泄完毕后，李可白才渐渐恢复了她此刻应该持有的状态。

"冬心，我想说一声对不起，我真的不知道这件事情会把你牵扯进来。如果早知道这样，我肯定不会同意许达把那张金农画拿出去的。"李可白向张冬心赔礼道歉，泪痕还挂在脸上。

"对不起就不要说了，我一点也没有责怪你的意思。事情到了这一步，也不是你我能控制的，你就跟我讲讲到底是怎么回事吧。"张冬心说道。

"前面的事情你也清楚，我从你这里拿了这幅画以后，我就一直把画藏在家里的储藏室。"李可白说道，"后来，许达无意中看到了这张金农画，问我画是从哪里来的，还问我这是真画还是复制品。"

"你怎么说的呢？"

"我一开始没想跟他说具体细节,因为我脑子里还想着我们之间那个100万的事情,我不想让他知道。而且,许达是知道你名字的,我那会儿也不想把我们的事情公开化。所以,我就跟许达说,这幅画是我从朋友那里弄来的,吃不准真假。然后,许达就说他想把这张画拿出去鉴定一下,我也不好推辞。后来我才知道,他是把画拿到王国华那里去了,请王国华赏鉴。"

"王国华看得懂吗?"

"他懂的。王国华家里三代人,他祖父、父亲都是文化人,家里一直就有书画收藏。因为王国华过去是许达的顶头上司,而且一直对许达很器重,所以,我们两家来往挺频繁的。后来王国华调到H省,本来据说是要做副省长的,但后来没做成,调到了保诚集团做一把手。去了保诚集团之后,王国华就把家里的书画传统重新捡了起来,人家本来就懂,也喜欢,再加上去了保诚集团,跟在政府里的做派是不一样的,都非常顺理成章。至于许达本人,他是把王国华认作师父的,虽然王国华不在江海任职了，但人脉广，上上下下都是熟人。我就这么跟你讲吧，许达之所以能够做成河海区的副区长，王国华也是帮了忙的。他们两个人是很近、很近的关系。"李可白说道。

"那后来这幅画，怎么就留在王国华手里了呢？"张冬心问道。

"许达把画拿给王国华看了，至于他在王国华面前怎么讲的，我不清楚。总之，这画拿出去了，就没拿回来。因为你关照过我这画不能流出去，所以我就跟许达急了，为了要拿回这张画，我把我和你之间买画的合同拿给许达看了，他这才知道是100万买的。"

"他说你了？"

"嗯。他看到这画要100万，就问我为什么这么贵？我就跟他讲，这张画是你外公留下来的，而且我跟他讲清楚的，当年我和你谈恋爱的时候，我就看到过这张画，我很喜欢。至于为什么要100万，很简单的道理，这张画就是值这个价，这是金农的画，是张冬心的外公传下来的。反正，我跟许达讲了，一定要拿回来,因为这是100万的画,不是小数目。"

"那许达去和王国华说了吗?"

"具体我就不清楚了,他平时工作很忙,特别是做了副区长之后,整天都在忙工作上的事情,家里完全顾不上的。我跟他吵过好几回,要他把画拿回来,后来吵到最后,他就跟我交底了,说王国华很喜欢这幅金农的画,简直爱不释手。那还能怎么办呢?毕竟他们两个人是师徒关系,而且许达做副区长,王国华也帮忙出力的。许达就跟我说,难道让他拿了100万现金去感谢王国华吗?那不成行贿了嘛。现在王国华那么喜欢这幅金农画,就当是送了一份礼物,还了一个人情,再说王国华又不知道这幅画是100万买的。按照许达的说法,他跟王国华讲的时候,也没说是真是假,就说是一件老东西,给王国华掌眼的。冬心,你要相信我,我这个里面没有半句谎话。"

"我相信你说的,但后来这画拍卖了506万,又是怎么回事情呢?我和你们两个人还见了面,那次饭桌上的话,到底哪些是真,哪些是假呢?"张冬心依旧有不明白的地方，便继续问道。

"拍卖这件事情，我跟许达两个人，是完全不知情的。那天你把新闻转给我，当看到506万这个价格的时候，我就知道闯祸了。我发给许达看，他也看傻掉了。冬心，我的出发点是，就算画不在我手里，但只要不在公开市场上出现，那就没有坏了我们之间的约定。但这幅画莫名其妙地上了拍卖，而且还卖了506万，我跳到黄河也说不清楚了，我知道你肯定会来找我的。许达那边，他也来问我了，问这幅画到底值多少钱。我说我怎么知道，我反过来骂他，为什么不把这幅画要回来？许达也有点后悔了，如果早点知道这幅金农画能值那么多钱，能卖500万，就算他和王国华关系再好，他也不会把这幅画送给王国华的。所以，后来你来找我，我很害怕。本来那天晚上就是我和你两个人见面，许达说他要参加，说句心里话，这件事情是我闯祸了，我不敢见你，有许达在，我能稍微安心一些。所以，就同意他一起来和你见面吃饭了，我知道这种见面大家会很尴尬，但我没办法。"李可白说道。

张冬心说："但你们自始至终，都没说到过王国华。"

"那次见面，我们没法跟你说这画已经给王国华了，毕竟人家是那么大的领导，所以，许达只能骗你说把画送给了他的大学老师。至于拍卖里面的事情，当时我和许达两个人是完全不知情的，直到这次许达被抓走，然后我也被叫去铁城，我们才知道这幅金农画在拍卖会上的那些故事。我和许达真的什么也不知道，某种程度上，我和许达也是受害者。"李可白继续说道。

"那拍卖了506万的天价，许达没去找王国华讨说法？"张冬心问道。

"你说怎么个讨说法呢？我们当时只能认命，觉得人家到底有眼光，一看就知道这个是金农真迹，拍卖会的结果就是明证。我们当时怎么能知道里面还有这么多故事啊，其实是我们被人当枪使了。而且，我记得你跟我说过，这就是一张假画，什么老充头，最多值10万块，我就一直记着这个。但当这幅画卖到506万的时候，我第一反应，觉得你跟我说什么假画不值钱，可能是你故意骗我的，是故意要把这个宝贝给我。我当时真的是这么想的，所以，看着这个巨额数字，506万，越想越来气，越想越后悔。"

李可白把全部过程事无巨细地讲述了一遍。

冥冥之中，一张金农画老充头，居然把那么多人的命运裹挟了进去，到底是造化弄人，还是注定了这就是一段孽缘？张冬心也只剩下感叹，不晓得该怎么说了。

21
隐瞒

话密密麻麻地说了许久，说的人和听的人，都有些累了。

时间停顿了一会儿，李可白需要休息平复一下心情。对于张冬心而言，他也同样需要。

时光在翻转，这个房间里的一切像是电影桥段回放一样，放了一遍又一遍。三年时间未见，好像还很熟悉，又好像有些陌生了。两个人都想着彻底打开心结，但金农画的事情，就像一块巨石压在两个人的心坎上，不搬走这块巨石，大概谁也不会轻易地放轻松。此刻,李可白显然更主动一些,她迫切地想向张冬心解释清楚,以期得到对方的原谅。

李可白调整好了情绪,对张冬心说:"但其实,许达还有事情对我隐瞒了。"

张冬心连忙问道:"他还隐瞒了什么?"

李可白说:"事实上,跟我吵过之后,许达也蛮纠结的,但最后,他应该没去找王国华。倒是王国华主动找过来,说要跟许达签一份合同,这事我也是这次去了铁城之后,被问话的时候才知道。他们不停地问我,是否知道王国华从许达这里买画签了一份合同,价格是5万元。我说这个我真的不知道。"

张冬心听到"合同"两字,心里咯噔了一下,有种似曾相识的感觉,便疑惑地问道:"王国华为什么要这么做?"

"他跟许达说签个合同比较好,许达就签了个字,合同一式两份都在王国华那里。实际上,5万块钱就是个数字,王国华压根就没给过许达钱。但这次办案,王国华说他是正常从许达那里买了这幅金农画,并且给了许达5万块现金。办案的人就盯着这条审问许达,许达也承认了,说收了钱了,但其实没收。"

"那许达为什么要承认呢?你见到许达了?"张冬心问道。

"我没见到许达,是前阵子律师见过许达后跟我说的,他现在已经转到看守所了。"李可白说道。

"转看守所了?也就是说,检察院正式批捕了?"

"嗯。"李可白说道,"就上周的事。"

"那许达的仕途不就结束了?"

"早就结束了。他原来的职务已经按要求辞掉了,现在就等着最后法院怎么判了。"

"律师怎么说呢?会给许达定什么罪名呢?"

"行贿罪吧。不过律师说了,王国华说许达收了5万块,许达也承认了,兴许这样表述还是有利的。从合同文本上说,买卖双方协议认定这幅画5万块钱的价格,也是成立的。关键看这幅画的实际价值,最后究竟如何认定。目前看下来,许达就是在这个环节上有事，后面506万的事跟他没关系，是那个地产商强明找人去拍卖会出的高价，据说里面有猫腻。"李可白说道。

"这帮人真是会玩啊！把我们都牵扯进去了。"张冬心说道，"那你为什么被叫去？我听说你被直接扣在那里了。"

"冬心，我没被扣在那里，就是前前后后去了四次铁城，长的时候四五天，短的时候一两天，按通知的时间去谈话。他们主要就是问我这幅画从哪里来的，什么价格买的，问你、我和许达之间有没有经济往来。"李可白说道。

张冬心说："我在里面的时候，他们也主要在问我这些问题。"

李可白低着头说："除了画之外，王国华和许达之间是否还有其他的事情，我就不清楚了。但因为这幅金农画，总归绕不开你，所以，我只好说了我从你这里买画的事情。对不起，冬心，我不想给你惹麻烦的，但真的绕不开。"

张冬心听着李可白的讲述，觉得眼前的李可白被这件事情折腾得够呛，不说失魂落魄，但心烦意乱是肯定的。即便刚才李可白在述说这些经历的时候，张冬心能看出她眼神里偶尔有闪烁，大概也掩饰了一些内容，但此时此刻，质疑对方是否百分百坦诚，并不是今天的重点。

"你这次不会受牵连吧？"张冬心看李可白身体紧绷，便关心着问了这么一句。

"我就是被叫去问话，没什么大事。"李可白说道，"我现在挺担心许达的，他真的不是什么腐败分子，他也是被无辜牵连进去的。如果说他有什么错，那就是他一门心思太想做官，太想做事情了。"

"你估计这次他会判几年？"张冬心问道。

"现在还不知道。律师说了，主要取决于怎么认定那幅金农画，看认定多少价值。我跟他们说了我是花了100万从你那里买的，现在的焦点就是，许达知不知道这幅画是100万买来的，这跟他后面把画5万卖给王国华，两者是有关联的。律师说，有可能会在这两个数字上面做文章，我感觉我的说法可能会害了许达。"李可白自责道。

"那你为什么不说实情呢？你就跟他们讲，这幅画就是张假画，是老充头，就是10万块钱的东西，剩余90万是你放在我那里的。或者，你就直接跟他们讲，这张画是我送给你的，那100万就是你放在我这里的一笔闲钱。反正我就是一个开广告公司的个体户，我不要紧的。你完全可以这么说的呀。"

"冬心，我不想许达出事，但是，我也不想你出事。我心里很矛盾的，你懂我的意思吗？"

李可白说完，眼角闪过一道泪光，两个人都沉默了。

"那你后面准备怎么办呢？"张冬心开口说话，打破了这难受的沉默。

"现在还不知道什么时候能开庭，但估计也快了。许达让律师带话了，说等到他判下来后，他会提出来和我离婚，房子和财产都归我，他说他连累我们母子了。"李可白说道。

"你会同意吗？"张冬心问道。

"我跟律师说了，我不会同意的，我会等到他出来。要离婚，也等他出来后再离。"

"嗯,反正这段时间你先调整一下状态,家里老人孩子都要照顾呢。"张冬心说道,"如果有什么需要我做的,你跟我讲。"

"冬心,你能原谅我吗?我真的不是存心要把你卷进来的。"

"我们之间就不要说这种话了,这些都是命里注定的,逃不掉的。而且,三年前的那顿饭,我第一次看到你和许达在一起的样子,我就知道,我其实是多余的。我只是没想到,这张画在三年之后还能惹出一场更大的风波,这个我是真的没有预料到。所以,这些都是命,老天爷安排好的。"

"你真的不怪我吗?"

"有什么好怪的?大家都是成年人,又不是幼儿园里过家家。"

"冬心,我在铁城的时候,我有时候忍不住在想,我如果当年没有和你分手,没有和许达结婚,现在会是什么样子?"

"会是什么样子?"

"其实,我也不知道。"

"我来告诉你会是什么样子。如果你当年没有和我分手,也许我就不会辞职出来开公司。如果我不辞职,还留在里面,也许现在也做到一官半职了,但也许我会变成另一个'许达'。所以,你不要瞎想了,都是安排好的。"张冬心说道。

李可白看着张冬心,嘴唇抿得紧紧的,像是在回味张冬心刚才的话。

"许达这个人不错的,虽然我只见过他一面,但见过了之后我也就明白了,你最后会选择和他结婚,你没选错。而且,一日夫妻百日恩,没做过夫妻的男女,即便再亲密,也还是跟夫妻不一样的。不说这些了,反正,先把这段时间熬过去吧,还会有很多变数的,你得多留心。"张冬心又说道。

"嗯,我会留心的。我最近还在找人打听,看看有没有判缓刑的可能,毕竟这个事情是王国华的事情,并不是冲着许达来的。"李可白说道。

张冬心没有接话。两个人的谈话,差不多快接近尾声,也没有其他多余的、值得说的话了。

张冬心看着李可白,李可白也看了看张冬心,彼此的眼神里又多了一层复杂，一层不用戳穿但彼此都明白的复杂。

临出门的时候，张冬心把李可白送到小区门口，李可白这次没有开车，是自己打车过来的。路上，张冬心跟李可白讲，等到这一切尘埃落定后，他会信守他们两人之间的约定。那笔代为保管的钱，张冬心会妥善地交还给李可白，但现在不行，现在要特别当心。张冬心还嘱咐李可白，许达那边肯定还要想办法，但要多个心眼，现在骗子太多，有吃不准的地方可以来找他。

李可白一路上并没多说什么，只是低头听着。刚出门的时候，张冬心说帮她叫车，李可白说不用，她自己来。此刻，车子已经妥妥地停在小区门口了。

临上车门的一刻，李可白与张冬心道别，她转身，抱着他。

"冬心，谢谢你！"李可白说道。

张冬心在她额头上轻轻地亲了一下，帮她捋了一下头发，一如往常。

"自己当心点，别胡思乱想。"张冬心说道。

22

Someone Like You

许达的判决书下来了,犯行贿罪,被判处有期徒刑两年六个月,并处罚金20万元。许达当庭表示认罪,不上诉。

在得知法院判决结果后,张冬心便按照之前答应李可白的,找了一个周六的晚上,把李可白暂存的那笔钱送了过去,张冬心知道她最近手头并不宽裕。只不过,张冬心没有选择银行转账,而是分好几次从银行取了100万的现金,装在了一个行李箱里。张冬心问李可白要了家里的地址,说他亲自送过来，到时就在小区门口见。

"你直接到我家里来吧。"李可白对张冬心说。

"不了，还是在小区门口吧。"张冬心说道，"到时我把车子停在小区门口附近，你出来后，应该一眼就能看到。"

"好吧。"李可白答应着。

这是李可白第一次告诉张冬心家里的地址，若不是这特殊的事情，她大概是不会说的。小区不算新，但也不算旧，是江海有名的学区房。张冬心到的时候正好是晚上七点不到，除了偶尔有居民外出散步，小区门口附近行人很少，安静得很。张冬心给李可白打了电话，说已经到了，出门左手10米的地方。李可白又问，真的不到家里？张冬心答，就在小区门口吧。

不一会儿，李可白到了。张冬心正准备下车去开后备厢，李可白却径直过来，打开车门，坐到了副驾驶的座位上。还没等张冬心反应过来，李可白已经直接系好了安全带。

"我现在要去超市买瓶牛奶，你可以送我去

吗？"李可白说道，"或者就让我在你车里坐上5分钟，好不好？你不会连这个也拒绝吧？"

张冬心听出话里有怨气，便说："要么我开车，我们去江边兜一圈？"

"不了，就在车里坐一会儿吧。家里还有老人孩子，不能让他们等太久了。"李可白突然转变了语气，"不好意思，刚才失态了，我知道是我最近太敏感了。"

张冬心双手放在汽车方向盘上，侧过身来说："家里事情都安顿好了？"

"嗯，安顿好了，就是许达母亲那边还有点接受不了。过去小朋友都放在奶奶家，这段时间我爸妈在我这里，帮我一起照顾小朋友。"

"事情总归会过去的，再屏一屏吧。那笔钱，我都给你取成了现金。我想着你最近肯定花钱的地方多，我就送过来了。"

"谢谢你，冬心。我现在用钱地方确实蛮多的，但你只要给我90万就可以了。那个10万，不应该算在里面的。"

张冬心说:"没错,那个 10 万没有算进去,就是 90 万。这个多出来的 10 万,是你的钱放在我这里的理财收益,90 万加 10 万,是这么来的 100 万。"

"那你这个理财收益还蛮高的,早知道这样,我应该多放点钱在你那里。"李可白理解张冬心的好意,话里也终于有了些许神经舒缓后的轻松,"好了,我不跟你多说了,我要回去了,他们还在等我呢。你也早点回家吧。"

"真的 OK 了?"张冬心问道。

"嗯,发泄完了就好了,回到家我还是会元气满满的。"李可白说道。

张冬心将汽车后备厢里的行李箱交给李可白,分量有些沉,但好在行李箱是四个小轮的那种,推起来还算方便。李可白跟张冬心挥挥手,让他赶紧上车,就此打住。张冬心也挥挥手,看着李可白的身影,渐渐消失在了小区的夜色里。

开车回家的路上,张冬心的车里放着英国女神歌手阿黛尔的新歌,新专辑的名字叫作《30》。

2012 年春节的时候,张冬心在美国跟几个客户朋友一起旅游过年，那天在纽约，一车子的人有说有笑。逛了一整天的 Woodbury 奥特莱斯，大家收获满满，彼时正坐在车上往城里赶，晚上大家计划着要大吃一顿。那是张冬心创业开公司的第三年，经过前面两年的打拼，生意明显有了起色，张冬心的手头也逐渐宽裕起来。车子行进路上，司机放着歌，配合着外面的景色，张冬心很是放松。随着路上的车子越来越多，车速渐渐放慢，大伙儿知道离市中心越来越近了，曼哈顿的高楼已经近在眼前。暮色中，正在播放的车载歌曲里，突然冒出来一个嗓音通透的女声，那歌词也是一句一句打在心头上。张冬心是第一次听到这首歌，忙问司机，这歌是谁唱的？司机小哥说，这个女歌手是英国人，叫阿黛尔，现在正红。张冬心就此记住了阿黛尔这个名字，也喜欢上了那首歌。那首歌的名字叫作 *Someone Like You*，来自阿黛尔当时的新专辑《21》。纽约的暮色里，歌里唱的是女人的心思，在张冬心的心里，感觉唱的是自己。

此刻在这江海市的繁忙车河里，张冬心不晓得自己到底怎么了,却又百感交集。想想外公给自己留了一张金农画,到最后非但没留住,还惹出那么多的麻烦,他应该发火才对。而现实情况却是,他的心被冻住了,愤怒被冻住了,火气也被冻住了。也许此刻最好的解决办法是泡在温泉里,让冻僵的身体渐渐舒展,让身体里的血液慢慢流动起来。说起温泉,张冬心有一件隐秘的旧事深锁心底,说来也跟李可白有关系,但李可白恐怕直到今天都不知道其中细节。

那是 2008 年的春节,大年初五,天目湖温泉度假村。

彼时,张冬心和李可白还在谈恋爱,觉得窝在江海过年实在无趣,便决定出去散散心。时间错峰选了年初四、年初五,地方则选了天目湖,不算近也不算远,而且就住两个晚上。这温泉度假村是新开张,修缮得巧妙,沿着山势,有大小不一的几十个泡汤池子,且用树木植被间隔着,既精致又私密。年初五的那天下午,张冬心和李可白正在室外一个相对僻静的小池子里泡着温泉,间或着也有人沿着竹林小道走过来，但看到已经有一对小情侣在池子里泡着，多半也就半道折回，不愿意打搅。

因为无人打扰，在周围树木植被的遮掩下，这温泉便抚慰着两人的身体，一半瘫软，一半挑逗，两人脸上不停地渗着汗珠。李可白最先受不住，便从池子里站起身，让户外的冷空气稍微驱散一下上半身的燥热。张冬心看着李可白红扑扑的脸庞，问她要不要喝点水，李可白点点头，说你快去，热得受不了了。张冬心起身，把挂在一旁护栏上的浴袍取来穿好，因为饮水点在小山坡下方的大池子边上，他还得沿着上来的竹林小道一路走下去。

小道设计得曲径通幽，颇有点情侣步道的意境，看来这是设计师的得意之笔。但在实用方面，这小道其实是有缺陷的，如此狭小的通道，只容一人行走，倘若半道上两拨人相遇，连个侧身的空间都不够。

张冬心走到一半，眼看着再走三四十米就能拐到大路上了，无巧不成书，偏偏在这个节骨眼上，发生了一个"事故"。只见迎面走来一个人，张冬心觉着面庞熟悉,因为这条小道沿着地势而建,张冬心是从上往下走,对方则是上坡路,张冬心要比对方先看到。定睛一看,没错,正是老易,身后还有一位女子紧跟着,张冬心也看见了,是小廖。此刻,张冬心脑袋爆炸了一般,想躲也躲不了,想避也避不开,对方也已经抬头看到了张冬心,并且,就这么面对面地杵着了。二对一,双方都"僵"住了。

这位老易,是当时张冬心报社的一把手,张冬心与这位领导关系一般。一个是现时的"当权派",一个是有前途的"绩优股",如果老的不多疑,如果小的不心急,一般是不会有矛盾的。偏不巧,那段时间单位里传言张冬心要提任副主编,老的心里便有点不舒服,小的则希望传言尽快落地,平时言语之间多有过节。如今,竟在这天目湖度假村的小道上杠上了,你说巧不巧。如果老易身后的那位女子是他太太,一句"大哥好!大嫂好!"兴许还能化干戈为玉帛,偏偏这位小廖并不是老易的太太,而是单位里与老易相关的"绯闻女主角"。这事便不好处理了。

张冬心与老易正四目相对，彼此尴尬着。张冬心想着还是打声招呼吧，但还没等张冬心开口说话，对方已经急忙转身，小廖也跟着慌张离开。张冬心知道，无论怎么解释，这回梁子是彻底结下了。

后来回到江海，预料中的风暴并没有到来，张冬心和老易见面，对方就当什么事都没发生过，张冬心心里感叹姜还是老的辣。再后来，张冬心提任副主编的事情没有通过，说是征询意见的时候老易明确表示反对。事后，作为上级领导，汪副总编出面去做老易的工作，也同样吃了闭门羹。又过了一段时间，集团里接到关于老易的举报信，老易的老婆又跑到单位里当众打了小廖一个耳光。老易断定，各种斯文扫地，各种"不堪"背后是张冬心在捣鬼，又明里暗里起了很多冲突。总之，那一整年，张冬心的日子就没有消停过，便觉得，这一切都是始于天目湖温泉度假村的那次"不期而遇"。种种事情叠加，张冬心便在2010年春天的时候辞职创业，彻底离开了体制，而老易不久也平调去了一个闲职，如今算下来，也快到退休的年龄了。

竹林小道上的"偶遇",张冬心从来没跟李可白说过,事实上,之后他也没对任何人说起过这件事情。

那天,从大池子服务点取了饮用水后,张冬心原路返回。见张冬心姗姗来迟,李可白还怪他怎么去了那么久,把她一个人扔在这里,害怕极了。张冬心笑笑,说自己差点迷路,所以耽误了时间。李可白紧紧依偎在张冬心身旁,也没再多说什么。

23

青山薄汀

2008年的时候,张冬心三十一岁。如果没有那次"温泉偶遇"以及由此引发的各种风波,也许今天,张冬心应该是一个有家室的男人,他的太太多半就是李可白。毕竟从世俗的眼光来看,《江海早报》副主编的张冬心和河海区府办副主任的许达,并没有太多的差别。只不过,李可白同他分手的时候,他并不是什么副主编,他只是一个离开体制讨生活的小老板,而人家却是正儿八经的"副处级"公务员,这就是差别。

为了弥补这些差别,为了填平这些鸿沟,为了不愿意像自己的父亲那样自认为有本事却事事不如意,张冬心憋着一股劲。小时候,他憋着劲读书;长大了,他憋着劲工作;再后来开公司,他憋着劲赚钱。一晃,张冬心变得有钱了,虽然不是大富大贵,但似乎渐渐可以弥补了他离开体制后的"身份"偏差,用现在这一头的"多"来填补当年那一头的"舍"。而最大的反转还是李可白的"回归",虽然这种男女关系是地下的、不伦的,但"回归"这件事情本身却让张冬心更加地"上瘾",像是原本就是自己的糖果,被人夺了去,现在又拿了回来。张冬心感觉很"过瘾",有报仇雪耻般的快感。

2017年的时候,张冬心四十不惑,生活过得远比三十岁的时候开心。李可白问他要任何东西,他都愿意给,他也有能力给。就算是外公留下的那幅金农画,他也愿意——更何况,本来就是要给她的。

可是,现在都变样了。金农画不见了,而且不见的还是一张假画,一件老充头,一件本不应该有那么多故事的身外之物。还有身边的那些人和事,也变了，有的缺了角，有的裂了缝。重新粘上了，别人看不出来，自己心里却清楚，一眼就能看出瑕疵在哪里。

人过四十，也就是四五年的光景，周遭这一切，翻转得比前面十来年还要快。

张冬心现在有点理解外公赵云中当年的状态了，如何应对变化，真是一门大学问。任凭你过去再显赫，再有本事，遇到大起大落的时候，过好每一天都是不容易的。倘若还有些雅好，便是艰难里的调味剂，待到云开雾散了，兴许还能帮上家小。但这些雅好，也不是人人都懂的，说到底，赏字画，躲是非，也是没办法的办法。

因为外公偏爱金农，张冬心这些年便找了许多金农的书法绘画资料来看，大概也就看个似懂非懂。但不少书画，确实给张冬心留下了深刻的印象。其中，在故宫博物院里藏有一套金农的《人物山水图册》，纸本，有墨笔，也有设色，总共12开，每开纵24.3厘米，横31.2厘米，分别绘佛像、山水、人物故事等。如今在故宫博物院的网站上，有整套的高清图可供查询，甚是好看。这套册页的出版物，张冬心也买了，买的还是文物出版社1983年6月的第一版。但金农研究专家所说的那些"淡墨轻染""勾点夹叶""卧笔横点"的技法，张冬心完全搞不清楚。不过，里面有一张画，张冬心倒是喜欢的，还是一眼就看中的那种喜欢。

这张画正是金农《人物山水图册》的第五开：画青山薄汀。上方有金农自题词一首，款"乾隆二十四年八月十一日七十三翁金农画记"，钤"金氏寿门"印。

其实主画面就是两座大山，画得隐隐约约的，后面还隐了些山脉。张冬心看着，照现在的说法，就是那种典型的"性冷淡风"。画作上端，金农的自题词也就几句话，"山青青，云冥冥，下有水蒲迷遥汀。飞来无迹，风标公子白如雪。"

张冬心觉着，如果第一眼看着就喜欢，那就是真的喜欢。

总之，他是真的喜欢。

后　记

克制与约束

2019年，我写了《老板不见了》，百分百的男性视角，写的是放纵与平衡。2022年，我写了《金农的水仙》，依旧是百分百的男性视角，写的则是克制与约束。坦率地讲，这个故事主要讲的就是一个男人四十岁之后的"慌张"与"放下"，同时想表达的是，人不应为物所累，这世界从来就不是人拥有了物，而是物倒过来拥有并记录了人的情感和记忆。

故事的主人公名叫张冬心，其名字脱胎于清代大画家金农的号"冬心先生",我把他定位成现在最时髦的所谓"财务自由"人士,一个多金的单身中年男人。这个人设,无疑是都市人茶余饭后最喜欢讨论的热点话题之一,仿佛在很多人眼里,只有实现了"财务自由"这般最实在、最确定的事情,方能对抗未来各种不可预知的不确定。事实上,男性内心的恐慌和害怕也是层次很丰富的,尤其是感觉一过了四十岁的门槛,"慌张"明显多了起来。这其中有对年龄的担心,既谈不上年轻但又说不上老,半吊子卡在中间,着实尴尬。还有各种世俗的标尺,比如身体、金钱、权力、名望,包括对于各种物品的拥有程度和鉴赏程度,都明晃晃地摆在眼前。同时,鉴于各种不同的职业身份,男性对于安全感的体会也不尽相同。有一种观点,认为女性对于安全感是极度需要的,其实,男性又何尝不是呢?尤其是在处理男女情感关系上,"慌张"从来就是不可避免的,尤其是当男性多有忌惮的时候。

男性在成长的过程中,也会有很多小秘密,就跟女性成长过程中的那些小秘密一样,细碎。但进入成人社会之后，随着欲望的放大、男性意识的扩容，各种男性特有的隐秘便会越积越多。而能量越大的男性，这些隐秘的能级，就有可能被成倍放大。但有时候，隐秘被撕开之后，常会让人惊讶为何如此不堪。男人看男人，若觉得不堪，那一定是粗糙和低级叠加在一起了，特别是再同其表面上所谓的身份地位一对照，这种不堪的感觉会变得极其强烈。

你不惹是非，是非却会惹上你，这是主人公张冬心的现实经历与内心写照。我感觉这次写张冬心，包括写到小说里的其他支线上的男性，与三年前《老板不见了》里的那些男人相比，虽然降维了一个层级，但写得更真实，把"害怕"写了出来。小说里，张冬心对"死党"马成功说"这人啊，受点限制和约束，其实挺好的"，说的就是这个意思。只不过，限制是外在的，克制才是主观的、自觉的。

至于女性角色，《金农的水仙》里的李可白和《老板不见了》里的姚婷婷，有一些相似之处，就是她们对于自己要过什么样的生活，始终都是清醒的，也都有一定的主动权。当然，这个小说里，我觉得写得最好的一个女性角色,是端木,一种更洒脱又点到为止的女性代表。

2019年对我个人而言,是一个很特殊的年份,因为我重新捡起了停摆了将近十六七年的文学创作。而当《老板不见了》在2020年正式发表、出版的时候,很多朋友私下里对我说,你应该继续写下去,但你太忙了,我们觉得你下一部作品不晓得猴年马月了。的确,我太"忙"了,将近三年的时间里,一个闲散的文字都没有写过,我自己也觉得,大概不大会有整块的时间和闲心来写东西了。

但人算不如天算,时间到了2022年的4月,我所生活的城市突然"静"了下来,彻底地"静"了下来。过去完全被各种"忙"填满的时间,瞬时空出来一大块,而且是一大块接着一大块,我心里顿时没着落了。感谢文学创作给我提供了另一个世界,那个世界是虚构的,但又是现实的。于是,我再次拿起了笔,在纸上涂涂画画,人物框架、故事主线与副线,全部安排妥当。4月9日动笔,4月26日收笔,完成了初稿,这就是整部小说的创作时间跨度。

小说《金农的水仙》，纯粹是一个意外的收获，但我就是喜欢写这种"即时的当代生活"。我对现实社会的运行规律有兴趣，也有体验，而用虚构的小说故事记录当下生活的典型特征，无疑是一种挑战，但值得去做。写作的整个过程，是十分充实和满足的，让我体会到了文学创作作为"个体行为"的特殊魅力。

最后，我想说的是，在那段特殊岁月里，有好几位朋友给我提供了写作的帮助与支持，比如对于金农资料的整理，对于金农画作的认定，尤其是当"水仙"的立意被确定下来之后，整篇小说终于"活"了起来。另外，我要感谢叶康宁先生所著的《风雅之好：明代嘉万年间的书画消费》一书，原本我是把这本书当作业务用书来阅读的，没想到全书读完，其中讲到的明代嘉靖年间涉及严嵩的一起《清明上河图》假画案，对这次小说创作起到了"开窍"的作用。在现实生活中，我并不认识叶康宁先生，但我觉得，通过阅读的方式与作者建立某种"精神上的联系"，是同作者进行交流的最好方式。因此，在这个意义上,我非常期待大家在读完《金农的水仙》这个小说之后,能有所收获。这是我作为作者最大的喜悦,而且我从内心深处认为,这种交流方式,是十分奇妙的。

陈佳勇

2023 年 3 月 15 日